小《お》倉《ぐら》ナイト

沙倉さくら
SAKURA Sakura

文芸社

目次

「小倉ナイト」

1　レモン哀歌

そんなにもあなたはレモンを待つてゐた
かなしく白くあかるい死の床で
わたしの手からとつた一つのレモンを
あなたのきれいな歯ががりりと噛んだ
トパアズいろの香気が立つ
その数滴の天のものなるレモンの汁は
ぱつとあなたの意識を正常にした

電車の窓から駅のホームが見える。
一つ手前の向島駅に着くと、乗り込んでくる学生達が入口に立つ芽衣を、邪魔だと言わんばかりに迷惑そうな顔をしてジロジロ見ながら奥へと入っていく。

やがて小倉《おぐら》駅のホームへ滑り込む電車。

扉が開くと同時に扉の前で足踏みをしていた芽衣はホームへ飛び出し、
階段を駆け下り、西側の階段をまた駆け上る。

改札を出た目の前には見慣れた街並み。山際通りをひた走り家に飛び込む。

「チーちゃんは？」

家の中に向かって大声で叫ぶと、玄関に出て来た海人が芽衣の姿を一瞥し、

「お前、荷物はそれだけか？　喪服は？」

「えっ？　間に合わなかったん？」

「いや、まだやけど」

「……最低」

兄の無神経さに腹が立ったが、とりあえず兄の車で病院に向かう。

高速道路の側道横に立つ病院。その大きな白い建物はまるで、
二人が来るのを拒んで覆いかぶさってくるように芽衣には感じられた。

「私この病院嫌い……」

芽衣の呟きに、「えっ?」と海人が振り向く。
「ああ~元の方が家から近かったたし、隣の伊勢田駅からも歩いて行けたしな」
そんな問題じゃなくて何か以前の病院の方がアットホーム的な温かさがあったと、
……そんな事この兄に説明しても無駄かもと言葉を飲み込む。

兄の後をついて病院内を進むと突き当たりの病室の入口の扉の横に、
『田中智恵子』の名札がぶら下がっている。
恐る恐る扉を開けるとチーちゃんのベッドの横に母の容子が、
その隣に父の大和が立っている。

「チーちゃんは?」

母が顔を上げ力なく首を横に振る。

「間におうてよかった……チーちゃん、来たで」

芽衣の声に智恵子がうっすらと目を開ける。

「あっ、チーちゃん目開いた!」海人が声を上げる。

「芽衣はばあちゃん子やったし、わかるんやな」

智恵子の顔を覗き込みながら芽衣がささやく。

「チーちゃん、レモン食べる？」

ギョッとして芽衣を振り向く海人。

「死にそうな病人にお前アホちゃうか」

「せやけどチーちゃん言うてたもん。

寝たきりになったらレモン食べさせてなって」

「なんでや？」

大和と海人が二人同時に尋ねる。

「……もしかして、智恵子抄のレモン哀歌？」

横から母の容子が呟く。

「そっか、お母ちゃん昔から高村光太郎の智恵子抄が好きやったもんな……」

「そやで、自分と同じ名前やし芽衣も読み言うて、
チーちゃんの愛読書貸してくれた」

「そういえばお母ちゃんレモンの砂糖漬け好きやったな……。

かまへん食べさせてやって。レモン持ってきたんか？」

「うん」

バッグからレモン入りのジッパー付き保存袋が入った容器を取り出す。

智恵子のあごの下にタオルを置きその上にガーゼのハンカチを載せて、

「チーちゃん？　レモンの砂糖漬けやで」

一切れ手に取り智恵子の唇にそっと触れさせる。

一寸顔をしかめるが、その後少し笑ったような顔をした。

まるで「レモン哀歌」の一コマみたいやとみんなで見ていると、
智恵子の口が何か言いたげに少し開く。

「チーちゃん？　何？」

声の代わりにスローモーションのように芽衣の方へ手を伸ばす智恵子。

と、その手が止まり布団の上に落ちた。目を閉じる智恵子。

「チーちゃん？　チーちゃん嘘やろ？　ママ、先生呼んで！」

「お母ちゃん？　お母ちゃん！」

慌てて呼び出しブザーを押す容子。同時に海人が病室を飛び出す。

看護師たちが病室に飛び込んでくる。芽衣たちをどけての救命措置。

少し遅れて海人と共に入ってきた主治医が看護師たちと小声で言葉を交わすと、
智恵子の脈を取り、そして臨終の時を告げた。

「チーちゃん嫌や～。私がお嫁に行くまで元気でいるって言うてたやない」

「お母ちゃん！　目開けて！　お母ちゃん！」

病室から漏れ聞こえてくる4人の嗚咽。

私の大好きなチーちゃんが逝った。
私の一番の理解者で、誰よりも深い愛情で包み込んでくれた祖母。
これからもずっと一緒にいてくれると私は勝手に信じてた。
折に触れ、話し聞かせてくれたチーちゃんの人生は
私の部屋の本棚のどんな愛読書より私の心に深く残っている。
そんなチーちゃんの思い出を今日は朝まで話してみよう。

2　巨椋池

祖母のチーちゃんが生まれるずっと前、
この付近には「巨椋池《おぐらいけ》」という大きな池があったそうだ。
東京ドームの約２００倍の大きさだったというから、
池というよりは湖に近いのかもしれない。
京都府の南部、現在の伏見区・宇治市・久御山《くみやま》町にまたがるこの池は、
北から桂川、南から木津川、東は琵琶湖を経て宇治川へ集まる３本の川が、
巨椋池で合流し淀川となって大阪湾へと注いだ。
コイ・フナ・ナマズ・ウナギなどおよそ40種類にも及ぶ魚や貝を捕る事が出来た為、
沿岸には多くの漁師が生活していた。

チーちゃんの父親、つまり私の曽祖父もここで漁師をしていた。
しかし国内初の国営干拓事業として巨椋池干拓が実施・着工され、
曽祖父は漁師を辞めた。
工事が完了した昭和16年、太平洋戦争が勃発。
兵士として戦地へとかり出された曽祖父が日本に戻って来たのは、
終戦後の昭和20年の秋だった。そして翌年にチーちゃんが生まれた。

家の生活は当初、自給自足で豊かではなかったけれど、
昭和23年に全ての干拓地が払い下げられ、周辺の農家約500戸は、
一挙に今までの2倍の1・6ヘクタールを持つ自作農となり、
チーちゃん一家も少しだけ生活が楽になった。
戦前戦後の食糧増産時代には、この農地だけで、
4500トンもの収穫を記録。
日本の食糧事情に大いなる貢献を果たしたと、
晩酌の度に自慢話をする曽祖父。
その曽祖父の胡坐の中に座って、毎日のようにその自慢話や、

戦場での生活を聞いていたとチーちゃんが私に話してくれた。

「胡坐って？　男の人が座る時の……あの胡坐？」

「そうや」

私に言わせると座る方もゴツゴツして座り心地が悪いやろし、

座らせる方も足が痺れたりせーへんのかな？

お酒も飲みずらいやろし……と思うのやけど、

チーちゃんに言わせると、

すっぽり包まれて守られてるって感じがええんやって。

それに酒のあてもちょっと食べさせてもろうたり、

時にはジュースも貰えたらしい。

「ふ～ん、そんでチーちゃんは酒飲みになったんやな？」

私の言葉にチーちゃんがケラケラ笑う。

さて少し生活が楽になった一家。

一人娘として大切に育てられ、すくすくと大きくなったチーちゃんは、運動神経抜群。男の子と喧嘩しても殆ど負けた事がないという強者。人懐っこくて笑うと、両頬に出来るエクボがチャーミングな女の子だった。好奇心旺盛なチーちゃんはこの平和な毎日に少し退屈していた。

「何で私はこんな田舎におるんやろ？　都会に行きたいな……」

しかし、退屈なんて言っていられない大災害が起きた。

昭和28年、チーちゃんが小学校に入学したこの年は水害が立て続けに起こった。8月、集中豪雨で相楽《そうらく》郡・綴喜《つづき》郡を中心に洪水・土石流が発生、多数の死者を出す大災害に。

街が水に浸かった様子が『巨椋池の再現』とまで言われた『南山城大水害』である。

そして1か月後の9月には台風13号により宇治川などが決壊。

チーちゃんにもおぼろげな記憶がある。

家にいると急に外が騒がしくなり、「堤防が決壊したぞ～」の叫び声の後、慌てて2階に物を運ぶ母の姿。その後、父が戻って来て、チーちゃんは親戚の家に避難させられた。

翌朝、親戚の家の2階の窓から水没した道路が見え、誰かの脱げた靴がプカプカ浮いて流れていくのを見ていた。

完全復旧には数年もかかった。親の大変さをよそにチーちゃんは呑気にも、月1回届く少女雑誌の『なかよし』や『りぼん』を見ては、少女モデルの『松島トモ子』や『小鳩くるみ』に憧れ、さらに東京への思いを募らせた。


昭和38年、高校生になっていたチーちゃんの興味は、数年前に発売され大ヒットした、コロムビア・ローズの「東京のバスガール」。

私も東京でバスガールになろうと決め両親に、

「高校を卒業したら東京へ行く」と宣言するも即、却下。

しかしその決意は変わらず、秘かに準備を始めるチーちゃん。

昭和39年、いよいよ高校を卒業する年がやって来た。

「お父ちゃん、お母ちゃん、話があるんやけど聞いて」

「なんや？　改まって、今ええとこやのに……」

夕食後、テレビを観ていた父親が画面に目を向けたまま答える。

「ええから、二人ともこっち向いて座って！」

食後の洗い物を終えた母も、何事かと台所から出て来る。

「お父ちゃん！　お母ちゃん！　3月に高校を卒業したら私、東京へ行く！」

「はあ～？　東京って……何でや？」

「東京でバスガールになる！」

「バスガールやったら、東京行かんでも京都の観光バスガールがあるやないか。

今年は外国人の観光客もぎょうさん来るし、ごっつ給料貰えるらしいで」

「私は東京のバスガールになりたいんや！　もう履歴書も出してある。

来週、東京まで面接に行くし、交通費よろしく頼むわな！」

ポカンと口を開けたままの両親を残し部屋に戻るチーちゃん。

いよいよ始動と意気込むチーちゃんだった。

3　東京のバスガール

この年の秋に東京オリンピックが開催されることもあり、観光業界は大忙し。
少しでも人手が欲しい会社と働きたいチーちゃんの需要と供給が一致して、
無事面接も通り東京へ行く事になったチーちゃん。
ただ一つの心配は東京の空の事。

「空……？　なんで？」

芽衣が不思議そうな顔で聞く。

「智恵子抄や。その中に智恵子は東京には空が無いと言う。

本当の空が見たいと言う。っていう一節があってな。

それに大好きなコロムビア・ローズさんかて、

♪　東京の空　灰色の空　♪って歌うてるし、
青空が見えないのは嫌やな思うて」

「へ～、で？　本当に灰色やったん？」

「まあ、青空が無い事は無かったけど……時には灰色の日もあった。

あの頃の東京は高度成長真っ只中でな、
工場から出る煙でスモッグ注意報っていうのがよく出てたんや」

「スモッグ注意報……？」

「そや、少し違うけど今の中国みたいな感じかな～。

中国は町が黒い煙に覆われて日本にまで黄砂が飛んでくるやろ？

ま、東京は他所の国にまで迷惑はかけへんかったけど」

「ふ～ん」


憧れの東京での生活は想像以上に楽しかった。

都内のアパートは家賃が高いので、隣の神奈川県の川崎市にアパートを借りた。

通勤は少し大変だったけど、朝の通勤ラッシュさえ東京らしいと楽しんだ。

休日には先輩が、勉強になるからと東京をあちこち連れ回してくれた。

東京タワーの蝋人形館、そこから少し歩いた麻布に美味しいタイ焼き屋があって、
さらに歩くと六本木の交差点にある洋菓子店アマンドの、
ピンクのパッケージが都会らしくて好きだった。
浅草寺のほおずき市、赤坂の豊川稲荷ととらや本店の和菓子。
一ツ木通りの先にはテレビ局があって、
たまにテレビで見た芸能人と遭遇する事も。
渋谷のハチ公前での待ち合わせ、新橋のガード下の一杯飲み屋、
地下鉄・銀座線に乗ると、聞き覚えのある街に簡単に行けた。
バスガイドの研修は楽ではなかったけれど、
休みにはまたあちこち行けると思うと、それを楽しみに頑張れた。
見るもの聞くもの全て新鮮で、東京はチーちゃんの好奇心を満たすには十分だった。

♪　若い希望も　恋もある　ビルの街から　山の手へ
　　紺の制服　身に着けて　私は東京のバスガール
　　発車　オーライ　　明るく明るく　走るのよ

一人で観光バスに乗るようになると、チーちゃんはよくこの歌を歌った。十八番のこの歌を歌い終わると、いつもお客様から拍手喝采を浴びた。よく知られている歌なので、お客様が一緒に合唱することもあった。

同期入社の友達は度々失恋したと言っては、

♪　昨日心に　とめた方　　今日はきれいな　人つれて
　夢ははかなく　破れても　　くじけちゃいけない　バスガール
　発車　オーライ　　明るく明るく　走るのよ

と涙ながらに歌っていた。どうやら彼女は失恋体質らしい。

そんなこんなで東京での生活を満喫していたチーちゃんにも、恋の季節が訪れた。

同僚が会社を辞めて故郷の福島に帰るというので上野駅へ見送りに行った帰り、暇つぶしにアメ横を歩いていると声を掛けられたチーちゃん。

美大の学生だった雨宮徹――後の私の祖父である。

「そんなナンパになんか引っかかるはずないやろ？」

わざと関西弁で凄むチーちゃんに驚いて、手に持っていた紙袋の中身を道にぶちまけた徹。

「そんなんじゃなくて……卒業制作の絵のモデルのイメージに、ピッタリだったからつい声を掛けたんだけど……ダメですか？」

転がった中身を拾い集めながら、オドオド喋る様子が可愛くて、ついOKしてしまったチーちゃん。

可愛いといっても、徹は大学4回生の22歳、チーちゃんは20歳になったばかり。どっちが年上かわからない関係のまま、チーちゃん主導で交際が始まった。

自慢じゃないが、チーちゃんはこの年まで男の人とお付き合いをした事は無い。自分ではけっしてブスでは無いと思うのだけれど、性格がガサツ過ぎるのか？　はたまた美人過ぎて周りが高根の花と敬遠するのか？　それは無いかと……。おどけて笑うチーちゃん。ともかく晴れて初めてのお付き合いが始まった。
この時代、デート代は男性が払うものと思われていて、女性に払わせるのは沽券《こけん》に関わると、
そのデート代を稼ぐ為男性たちはバイトに明け暮れた。
今みたいに割り勘が当たり前やったらと同情するチーちゃん。

年下だけど姉御肌のチーちゃんは、彼氏の徹さんに負担をかけないように、上野公園・井の頭公園・代々木公園などの公園デートを楽しんだ。

そしてお給料日には、チーちゃんの奢りで居酒屋やレストランでのデートをした。

初めの頃は、働いているとはいっても女性に払わせるなんてと遠慮していたが、
そのうちそれが当たり前になって……。

男と子供は甘やかすとろくな事にならない。

と、後々チーちゃんは後悔する事になる。

4　新宿の母

いつものデートの帰り、二人は新宿を歩いていた。

この頃、デート代はチーちゃんが払うのが当たり前になっていた。

別に持ってる方が払えばいいとは思うけど、『ありがとう』くらいは言って欲しい。

駅へ向かう道、徹の後ろを歩いていると突然チーちゃんは声を掛けられる。

振り向くと街頭占いをしている女性だった。

「あなたよ、そこのあなた。ちょっとこっち来て」

徹も気付いて立ち止まる。

「おい、気を付けないと占いにかこつけて、ぼったくられるぞ」

それが聞こえたのか、

「お金なんて取らないから。彼女さんだけこっち来て」

恐る恐る近づくチーちゃんに小声で女性が言う。

「あなた、あの彼氏さんと結婚する気でいるでしょう？

止めときなさい！　と言ってもあなた、
他人の意見なんか聞かないで意地でも結婚するわね～。

必ず離婚する運命なのに……だったら子供は作らないとか、
せめて一人でも生きていけるよう心づもりだけはしておきなさいね」

それだけ言うと女性はさっさと店じまいを始める。

呆気に取られながら戻ると、

「何を言われた？　お金取られたのか？」

「ううん、取られてないよ。この辺は治安が悪いから早く帰りなさいって」

「ふ～ん、お節介なおばさんだな」

ほろ酔い気分で駅へと歩き出す徹。

チーちゃんも女性の方を何度も振り返りながら徹の後を追う。

昭和42年、チーちゃんは結婚した。

3年前のオリンピック以降、海外からの観光客も増え、

3年前に開通した夢の超特急『新幹線』のおかげで関西からの観光客も増えた。東京~新大阪をわずか4時間で走るのだから驚きの速さである。

それまでは『こだまビジネス特急』が一番速くて6時間半。

チーちゃんが小学校に入る前は『特急こだま』で8時間かかっていたから、半分の時間で行き来が出来る新幹線の登場は、関東と関西の距離を一気に縮めた。

それはそうと、結婚で会社を辞めると上司に報告をしたチーちゃん。

「観光業界が大忙しの今、何で寿退社なんだ?」

ぐちぐち嫌味を言われたけど、妊娠したんだからしょうがないとあっさり退社。

徹も大学を卒業して無事就職したから、とりあえずは食べていける。

とチーちゃんはこの時思っていた。


ある日、母からチーちゃんに電話が入った。

「体はどないなん?　来週お父ちゃんと一緒に東京に行こう思うて」

「ほんま?　なあ?　もしかして新幹線で来るん?」

「そやねん。お父ちゃん新しいもん好きやろ?　友達より先に乗りたいんやて。

それにしても4時間で東京まで行けるやなんて夢みたいやな。あんたも子供生まれたら、孫の顔見せにちょくちょく京都に帰っておいでや」

「そやね……」

しかしチーちゃんは新幹線に乗ることは無かった。

「嫁に貰ったのに何で京都に帰る必要があるの？出産も東京でしたらいいし、里帰りも許しません！」

姑のその一言でチーちゃんの望みは却下された。


翌年、私のママ・容子が生まれる。

楊貴妃のように芙蓉の花のように美しくとの思いで、『蓉子』と名付けたが、区役所には『容子』と届けられていた。

「男を惑わす女を想像させるような名前なんてとんでもない」

と言って姑が『容子』に変えたのだ。

嫁のチーちゃんに、反論する権利は無かった。


チーちゃんの結婚生活はけっして楽しいものではなかった。

徹は一見優しい夫だったが、
両親に逆らって嫁の味方をする事は一切無かった。
そして次第に親と嫁の板挟みの状態が耐えられず、
毎晩のように飲み歩き、帰宅が深夜になる事が多くなった。
当然のように飲み代が嵩み、渡してくれる生活費は半減。
いくら同じ敷地内の離れに住んでいたと言っても、
家賃はしっかり取られたし、やり繰りは苦しくなる。
そして容子が3歳になった春、徹は突然家を出ていった。
銀座のバーで知り合った女性と一緒になる為に……。
「あなたのせいでしょう？
いくら子育てが忙しいからといってそんな恰好。
女性はいつも気を使って身ぎれいにしていないと。
徹がいない今、あなたに離れを貸す理由はないわ。
さっさと離婚届に判を押して容子を連れて出てってちょうだい」
姑の言葉に反論する気力もなく、チーちゃんはアパートと職探しに明け暮れる。

しかし子供を連れての仕事探しはそんなに簡単ではなかった。
面接に行くと、
「保育園や預かってくれるところが無いと採用は出来ない」と言われ、
区役所に行って、
「保育園に入れてもらわないと仕事は見つからない」と相談すると、
「在職証明がないと保育園には入れません」と言われ、
「そこを何とか。保育園に入れてもらったらすぐ在職証明貰ってきます」
と懇願しても、「規則は規則です」だった。
「そんな卵が先か鶏が先かみたいな事……じゃあ、私はどうしたらいいんですか？」
思わず詰め寄るチーちゃんに窓口の女性は言い放った。
「そんなの自分のせいでしょう？　生活も出来ないなら離婚なんてしないことね。
まったく、今の若い子は辛抱が足りないから」
悔しかった。何も事情を知らないくせにと喉まで出かかった。
反論出来ない自分も情けなかった。
唇を嚙みしめ、こぼれそうになる涙を必死にこらえて区役所を出た。
こんな時代だから仕方がないとは思っても、言われた言葉が耳に残る。

放心状態のまま容子の手を引き、ようやく家に辿り着いたチーちゃん。
その夜遅く公衆電話から母に電話をした。
「帰っておいで」と言ってくれた。

「そんな事……今だったら絶対にありえへん！
役所に苦情言うとか、マスコミにリークするとかしたら、
問題視されて、その窓口の人、仕事辞めなあかんようになるわ。
そうしたらよかったのに」
「今やったらそやろけど……その頃は離婚自体が少なくてな、
離婚して実家に帰ると、出戻りの娘がおると言われ、
近所に対して、親も肩身の狭い思いをする時代やったんや」
「何で？　そんなんおかしいやろ！」
「そやな……私かて仕方がないと自分に言い聞かせてみたもんの、
あの窓口の女性の顔と言葉は一生忘れられへん思うわ」
そう言ってチーちゃんは少し泣きそうな顔をした。

5　ふたたび小倉へ

あんなに乗ってみたかった新幹線で帰ったのに、チーちゃんは少しも嬉しくなかった。
気持ちが沈むチーちゃんと対照的に、娘の容子は大はしゃぎだった。
富士山が見えると、
「お母ちゃん！　見て！　きれいなお山。ねえ？　窓開けて！」
「この窓は開かないのよ」と言っても、
「なんで？　なんで？」と言って聞かなかった。
新幹線が京都に着く。７年ぶりの京都は観光客でごった返していた。
記憶を辿りながら改札を出て近鉄乗り場へ向かう。
バッグを肩に掛け、トランクを引きずり、容子の手を……手を……容子がいない！

「容子！　容子！」

慌てて探していると、土産物店の前に立ってるのを見つけた。

駆け寄ると、色とりどりの金平糖や京菓子が入った箱を手に持って見入っている。

「勝手にウロウロしたら駄目でしょう？　迷子になったらどうするの？」

それに答えもせず、

「お母ちゃん、これきれいね。美味しそうね」とにっこり笑う。

「きれいね、でも買わないよ」

「なんで？　お母ちゃんお金無いの？」

容子の言葉に、隣に立って土産物を選んでいた中年の女性が振り向く。

そして少し屈んで容子に言った。

「お嬢ちゃん？　そのお菓子欲しいの？」

「うん！」

「じゃあ、おばちゃんが買ってあげる」

「ほんとに？」

カーっと顔から火が出た。

慌てて容子の手からお菓子を取り上げ売り場に置くと、

「結構です」

容子の手を引き近鉄の乗り場まで小走りで向かう。

「お母ちゃん、手痛い。お母ちゃん……」

切符売り場に辿り着くとようやく手を放す。

しゃがみ込んで容子の顔を見る。

「お願いだから知らない人にお菓子なんか買ってもらわないで。

どうしても欲しかったら小倉のおばあちゃんが買ってくれるから」

「えっ、小倉のおばあちゃんは買ってくれるの？

東京のおばあちゃんは何も買ってくれなかったよ」

「ん、買ってくれると思う。だからお母ちゃんと約束してね」

「うん、わかった。じゃあ約束の指切りげんまん」


小倉駅は急行が止まらないので各駅停車に乗る。

窓の外には懐かしい景色が広がる。

急に肩の力が抜けて思わず涙がこぼれるチーちゃん。

「お母ちゃん？　なんで泣いてるの？　お腹痛いの？」

「ううん、どこも痛くない。チョットほっこりしただけ」

「ほっこりって何？」

「そっか、容子は東京生まれだからわからないか。

安心するとか、疲れが取れるとか、落ち着くみたいな感じ」

「ふーん……お腹痛くないならよかったね」


しばらくして電車は小倉駅へ着く。

7年ぶりに帰ったチーちゃんに、町の様子は少しだけ変わって見えた。

以前より田んぼが減って、その分住宅や商店が増えたように思う。

階段を上って駅の西側に出る。懐かしい故郷・小倉だった。

「帰って来た……」

思わず呟く。

「お母ちゃん？　何でまた泣いてるの？」

気が付くと、勝手に涙が流れていた。

「ハハ……何でだろうね。きっと嬉しいからかな？

さあ！　お祖父ちゃんとお祖母ちゃん家に行こうか？　二人とも待ってるよ」

「うん！」

あんなに帰りたかった家が目の前にある。

大きく深呼吸して玄関の格子戸を開けるチーちゃん。

「ただいま～　智恵子です。今帰りました！」

奥から、母親の千代が小走りで出て来る。

「智恵……よう帰って来たな～。待ってたわ」

「お母ちゃん、長いこと帰えらんと、孫の顔も見せんと、ごめんな……」

「かまへん、かまへん。早よ上がり」

チーちゃんの後ろに隠れるように立っている容子を見つけ、

「容子か……？　いや～写真で見たよりずっとお姉ちゃんやな～」

「容子、あんたのおばあちゃんやで。ちゃんと挨拶し」

「初めまして。容子です」

消え入りそうな声で答える。

「いや～しっかり挨拶出来るんやな、賢いわ。さあ、早よ上がり。

お父ちゃん！　智恵子と容子が帰って来たで～」

大きな声で叫びながら奥へ入っていく母の後をついて居間に入るチーちゃん。
卓袱台の前に父の治夫が背中を向けて座っている。
「お父ちゃん、智恵子です。
長いこと帰りもせんと、急にこんな形で帰って来て……。
ご近所さんから出戻りの娘がおるって言われたら、
お父ちゃんやお母ちゃんに迷惑かけるってわかってたんやけど、
他に行くとこが無くて……ごめん」
「そんな事はかまへん。ここはお前の家や。
誰に遠慮がある。ずっとおったらええ」
背中を向けてた父がゆっくり振り向く。
「よう帰って来たな、よう帰って来た……」
涙でクシャクシャの父の顔だった。
生まれて初めて見る父の泣き顔だった。
横にいた母もクシャクシャの泣き顔だった。
チーちゃんもクシャクシャの顔で泣いた。

「みんなお腹が痛いの？」

容子だけが不思議そうな顔で三人を眺めていた。

6　お父ちゃん

チーちゃんはスナック勤めを始めた。
手っ取り早く稼ぐにはこれが一番だった。
父も母も猛反対したが、両親に親子の生活費まで出させるのは嫌だった。
娘の容子にもお金の苦労はさせたくなかった。
習い事もさせ大学にも行かせたかった。
そして何よりも、昼間に容子と一緒にいられる時間が会社勤めよりも長い。
家族みんなで夕食を食べてから仕事に行く事も出来た。
でも……本当の理由は、徹が家を出ていった時の姑の言葉だった。
「いくら子育てで忙しいからと言って、
その女を捨てたような見すぼらしい恰好。

それだったらお金がある分、徹と逃げたホステスの方がまだましね」
だったら収入でも女としても、そのホステスより上をいってやろうと思った。
つまらない意地だけど負けたくなかった。
……本当につまらない意地。自分でもそう思いながらチーちゃんは頑張った。

この頃の小倉は飲み屋やスナックが多かった。
近隣の城陽《じょうよう》市や久御山《くみやま》町からも客が大勢やって来た。
愛嬌が良く、バスガールで鍛えた歌の上手さでチーちゃんはすぐに人気者になった。
収入も目に見えて増え、次第に生活は派手になっていった。
お店のお客さんに誘われて、店がはねた後、他の店に行く事も増えた。
帰りが深夜になっても朝は必ず、
いつも通りに起きて容子や両親と一緒に朝食を食べた。
が、睡眠不足で昼間ウトウトする事も多くなった。
「娘もおるのに……夜遊びなんかせんと店が終わったら早う帰り」
心配する母に
「遊びやない。他のお店に行ってお金使うたら、今度はそのお店の人が客連れてうちに来てくれる。営業や。
しかも他の店で使うお金は一緒に行った客が払うし、
私は1円のお金も使わず営業が出来る。
せやし家にいっぱいお金入れてるやろ？」
母は深い溜息をついた。
父は何も言わずチーちゃんの顔を見つめていた。

子供は環境に慣れるのが早い。
数か月もすると容子はもう完璧に関西弁を喋るようになっていた。
そして最近は父の晩酌の時の胡坐の中は容子の指定席になっていた。
それを見るにつけ何故か少し羨ましいと思うチーちゃんだった。

ある日、隣に遊びに行っていた容子が帰るなり、
「お母ちゃん、今度、上野動物園にパンダが来るんやて。
白と黒の大きな縫いぐるみみたいなクマさんなんやて。
隣のみっちゃんも家族で東京に見に行くんやて。

私も行きたい。なあ？　連れてって～な」

「お母ちゃんは仕事で忙しんや」

「お母ちゃんはいつも仕事・仕事って……。

そんな事ばかり言うてたら娘に嫌われるで。

なあ～お母ちゃんええやろ？」

「プッ……どこでそんな言い方覚えたん？

わかった。新幹線やったら日帰りで行けるかもしれへんし、
休みが取れたら行こうな」

「ほんまに？　ありがとう！　お母ちゃん約束やで！」

容子との約束を守れないまま半年以上が過ぎた。
翌年、巷では『ノストラダムスの大予言』なるものが世間を騒がせ、
1999年の7の月に地球が滅びるんやったら今のうちに好きな事をしておこう。
子供なんて産んでも長く生きられないんやったら子供を持つのは止めよう。
と、本気で思っていた人が多かったらしい。
チーちゃんが勤めるお店でも女の子と常連客とが予言の話で盛り上がった。

店の定休日の前日、ちょうどパンダの話が出て、
『今のうちに見ておこうか』と、その場のノリで急遽、
店のママと常連客と一緒に東京へ行く事になったチーちゃん。

新幹線で東京まで行き、山手線で上野駅へ。
上野公園まではすぐだったがそこからが大変だった。
驚くほどの人出で2時間待ちの長い行列が出来ていた。
しかも人波に押され肝心のパンダの前では立ち止まることも出来ず、
結局パンダを見に行ったのか人の頭を見に行ったのかわからない状態。
お酒ではめったに酔わないチーちゃんも、
人混みに酔ってヘロヘロで家に帰って来た。

夜遅く家に帰ると、もう寝ているはずの容子が起きて待っていた。

「お母ちゃん！　パンダ見てきたん？　一緒に行くって約束してたやろ？」

「……お母ちゃんはお仕事で行ったんや……。

あんたとは今度行ったらええやろ？」

「お仕事でパンダ見に行くん？　もういい！
お母ちゃんの嘘つき！　お母ちゃんなんか嫌いや！」
部屋を出ていく容子に、土産の縫いぐるみを渡すことも出来ず立ち竦むチーちゃん。
と、父が後ろに立っていた。
「智恵子、そこに座れ」
静かだけど有無を言わさない声だった。
父と卓袱台を挟んで座る。
気まずくて思わず、「なんやの？」ぶっきらぼうに言う。
「お前が一生懸命働いて、家にお金を入れてくれてるのは感謝してるわ。
せやけど最近のお前を見てると仕事にかこつけて、
遊んでるようにしか見えへん。
遅くまで飲み歩くだけやのうて、店の慰安旅行やとか、
演歌歌手のショーやとか、そこまでせんと出来ん仕事なんか？
今までの事を思うと少しは遊んでも……思うて、
お父ちゃんもお母ちゃんも何も言わんと黙ってたけど……。
なあ？　お前は容子の母親やろ？

せやったら娘の事一番に考えんといかんのとちゃうんか？」

「考えてるわ！　考えてるからあの子の将来の為に、働いてお金を貯めてるんや」

「それはわかってる。せやけどあと1年もしたら容子も小学生や。

友達の手前、母親が水商売をしてると肩身の狭い思いをするかもしれへん。

百歩譲って、職業に上下は無いとしても、夜中まで飲み歩いているのは……」

「せやから、お店がはねた後飲みに行くのも、
休みの日にお客さんと遊びに行くのも、全部仕事や言うてるやろ！」

「今日の東京行きもか？」

「そや！」

「娘との約束を破ってまで、泣かせてまでせんといかん仕事なら辞めてしまえ！」

「辞めろ？　ほな生活していかれへんわ。容子も大学に行かされへん」

「容子の大学の費用ぐらいわしの生命保険で何とかしたる」

「生命保険って……それ、お父ちゃんが死なな貰えへんのやで？　あほちゃう」

「容子の為なら死んでもええ。お前も母親なら容子の事一番に考えたれ」

「なんやの！　お父ちゃんはいつも容子、容子って……。

お父ちゃんは容子が一番可愛いんやろ？　娘の私なんかどうでもええんやろ？」

「何を言うてるんや。誰もそんな事言うてへん。
おまえ娘にやきもち焼いてるんか……？　まるで子供やな」
「子供でもかまへん！　お父ちゃんは容子が、孫が一番大事なんや！
容子がいれば娘の私なんかどうでもええんや！」

もう止まらなかった。
チーちゃん自身も何を言っているのかわからなかった。
父親の前で、ただただ子供のように床に突っ伏して泣きじゃくった。
何も言わず、しばらくその姿を見つめていた父はチーちゃんの横に屈むと、
「孫は確かに可愛いな～。せやけど娘が一番可愛いいんやで……」
それからチーちゃんの頭を2度ポンポンしてから部屋に入っていった。

その夜、チーちゃんはなかなか寝付かれなかった。
朝方ウトウトした時、夢を見た。
夢の中で「お父ちゃん」と叫ぶ自分の声で目が覚めた。
時計の針は5時10分を指していた。

カーテンの隙間から少し光が差し込んでいる。

急に胸騒ぎがした。

布団から出て台所に行くと母が朝食の支度をしていた。

「おはよう、お母ちゃん。お父ちゃんは?」

「まだ寝てるんちゃう」

「もう5時とっくに回ってるで。

いつもなら5時前に起きて新聞読んでるやろ?」

「そう言われればそやな……?　あんた起こしてきてくれるか」

急に悪寒が走った。

「いや、お母ちゃん行ってきて。食事の支度、後は私がする」

「そっか……ほな頼むわな。お父ちゃん起こしてくるし」

寝室へ入っていく母。

しばらくすると母の悲鳴が聞こえた。

「お父ちゃんが……お父ちゃんが息してへん!」


それからが大変だった。

救急車を呼んだのに医者よりも先に警察官が家に来た。
病院で亡くなったのではないので検死なるものがされた。
心不全だった。
母親はしゃがみ込んだそのままの姿勢で、医者にも警察にも、
駆け付けた親戚にも半分放心状態のまま同じことを繰り返し喋っていた。
その横にはパジャマ姿の容子が、母のエプロンの端を掴み座っている。
チーちゃんは葬儀社や知り合いへの電話対応に追われていた。

慌ただしく通夜・葬儀と済ませ、
斎場で空に昇っていく煙を見てチーちゃんは泣いた。
お父ちゃん……ごめん。まさかこんなに早く逝くなんて。
……あの夜の喧嘩が最後になるやなんて思うてもみなかった。
お父ちゃん、私、ごめんってまだ言うてへんよ。
何も伝えないままで、お父ちゃんを見送るやなんて嫌や！
お父ちゃん……お父ちゃん……ごめん……。

7　故郷へ

お父ちゃんが死んで3年後、チーちゃんは独立してスナックをオープンした。
娘の容子は小学生になっていた。
小学校に入っても母親が水商売だからといって虐められることも無く、
お父ちゃんの心配はただの危惧に終わった。
何故なら同じクラスの中にも、同じような商売をしている家庭が少なくなかった。
そのくらい小倉は以前にも増してスナックや居酒屋・小料理店が増えていた。
ＯＬだけでなく家庭の主婦までもがカラオケだ居酒屋だと遊び歩く時代になり、
どの店も潰れることなく、逆にどんどん新しい店が増えていった時代である。
チーちゃんのスナックも例外ではなく大いに繁盛した。

昭和51年、この年は激動の年だった。
大きな事件が次から次と起こり、
テレビのワイドショーは連日話題に事欠かなかった。
年明け一番のニュースは鹿児島で日本初の五つ子が生まれたこと。
ロッキード事件で総理大臣経験者が逮捕されたのも初めてなら、
探検家の植村直己が北極圏を単独犬ゾリ横断に成功したのもこの年だった。
スポーツ界ではアントニオ猪木とモハメド・アリとの対戦が話題を呼び、
モントリオール五輪で女子体操のコマネチが世界初の10点満点で優勝し、
その愛くるしさからアイドル並みの人気を得た。
アイドルといえばピンク・レディがデビューしたのもこの年だった。
容子もテレビの前でよく一緒にダンスを踊って見せてくれた。
日本の歌謡界の黄金時代ともいえるこの年のヒット曲は片手では数えきれない。
「およげ！たいやきくん」の大ヒットは言うに及ばず、「北の宿から」
「木綿のハンカチーフ」「横須賀ストーリー」「なごり雪」「春一番」ｅｔｃ。
チーちゃんもお店でこれらの歌をよく歌ったので、
今でもそらで歌えると言っていた。

お父ちゃんが死んで1年以上落ち込んでいたお母ちゃんも、3回忌が終わった途端、憑き物が落ちたように元気になり、友達と日帰り旅行をしたり、映画に行ったりするようになった。お店が儲かると、チーちゃんは自分だけでなくお母ちゃんにも、ブランドのバッグや高級ブティックの洋服を買ってあげた。初めは、「勿体ない……自分には似合わへん……」と言っていたお母ちゃんだが、1年経つ頃にはしっかり着こなすようになっていた。たまにお店でカラオケに興じることもあり、そんな時に見せるお母ちゃんの笑顔や笑い声は、娘として嬉しく誇らしくもあったとチーちゃんは笑った。

容子が中年生になり、一人で食事の支度や留守番が出来るようになると、お母ちゃんは泊まりがけの旅行や海外にまで行くようになった。

「お父ちゃんは働いてばかりの人生であまり贅沢もせんかった。唯一の贅沢は新しいもん好きで、町内で一番にカラーテレビを買うたくらいやな。
夫婦二人での旅行も新幹線で東京へ行ったくらいで、
新婚旅行すら行けへんかった。
それが今は、お母ちゃん一人だけ海外旅行までしてるやなんて……。
お父ちゃんが知ったら怒るやろか？　それとも羨ましがるやろか……？」
「知ったらって……お父ちゃんはもう死んで空から見てるわ。
全部バレてるで。そやけど……怒らんと思う。
逆にお母ちゃんが楽しくしてたら喜んでる思うわ」
「そやろか……何か申し訳ないね。
そやけどもう少しこっちで楽しみたいから、
お父ちゃんには、まだ当分、迎えに来んといてってお願いしとくわ」
「それがええわ。私からもお父ちゃんに頼んでおくわな……頼むでお父ちゃん」
二人一緒に仏壇に手を合わす。
その年、1981年の夏、お母ちゃんは友達と台湾旅行に行った。
が、それっきり家に帰って来ることはなかった。

航空機事故だった。

内輪だけの葬儀を済ませ、容子を先に家に帰した後、チーちゃんは一人お店にいた。
見慣れた店内がやけに広く見える。
カラオケのスイッチを入れる。
薄暗い店内に画面だけが青白く浮き上がり、静かに曲が流れ始める。

♪　淋しくて　淋しくて　　細く身も痩せて
　それなのに今日も　　浮かれ化粧の　紅をひく
　他人ばかりの　盛り場で　　生きるささえは　ただ一つ
　ああ故郷へ帰る　夢があるから

私にとっての故郷は小倉やない。
お父ちゃんとお母ちゃんが故郷そのものやった。
二人がいたから頑張れた。

二人がいたから小倉が故郷だった。
故郷が無うなったら、私はどこに帰ったらええの？
お父ちゃん……お母ちゃん……。
聞いてる人など誰もいないのに、一人っきりの店内でチーちゃんは声を殺して泣いた。
チーちゃん35歳の夏だった。

曽祖父と曾祖母の話をする時、
チーちゃんはいつも泣きそうな顔になる。
聞きながら私も泣きそうな顔になる。
そしていつも二人クシャクシャの顔で泣く。

8　いけず

昭和59年、容子は高校生になった。

エスカレーター式の私立の女子高に行かせようと思ったのに、

「女子高は嫌や、共学がいい。それに私立は高いし、公立でええわ」

「お金の心配なんかせんでええから」と、何度も言ったのに、

「そんなんやない、通学時間がかからん近くの高校がええんや」

と言ってさっさと地元の体育系三類のある公立高校を受験した。

誰に似たのか何でも一人でさっさと決めてやる娘だった。

容子は勉強がよく出来た。頭の良さは別れた徹に似たのかもしれない。

気の強さや強情なところ……いや、正義感の強さはチーちゃん似かな？

とりあえず良し悪しの判断をキッチリして誰にでも物怖じせず話す子だった。
時にはそれが相手の反感を買って攻撃されることもあったが、
本人は「負け犬の遠吠え」と一切気にもとめなかった。

そんな容子は入学と同時にバスケット部に入った。
入学前の健康診断とスポーツテストの時に声を掛けられたのがキッカケだった。
「お前、バスケ部に入れ」と言われた時は、
「なんやの、このおっさん……？」と思ったが、
体育主任でバスケ部監督のおっさんは強引だった。
他の運動部の先生方には、
「これはうちのバスケ部に入部させるし、お前らは声を掛けるな」
と睨みを利かせた。
そのせいで容子は他の運動部には声を掛けてもらえず、
「ま、嫌いじゃないしいいか」とバスケ部に入った。
経験は無かったけれど、長身とチーちゃん似の運動神経の良さで、
1年の終わりにはレギュラーになって試合に出場していた。

しかしこれがまたしても同級生や上級生の反感を買うことになる。

インターハイにも出場する強豪校だったこの高校は、公立にもかかわらず、住民票を移してまで他の市町村から越境入学してくる生徒も多かった。

親も自分の子供をレギュラーにしてインターハイに行かせようと必死だった。

中には指導の先生方やその家族にまで付け届けをする親までいた。

そんな中、高校生になってバスケを始めた容子が即レギュラーになるのを、快く思わない親がいるのも当然といえば当然である。

3年生が卒業した後のレギュラーの座を狙っていた2年生の親や、中学からバスケットをしていた同級生の親にしてみたら面白いわけがない。

その反感は親のチーちゃんにまで及んだ。

インターハイにまで出場する強豪校になると、親まで試合の応援だけでなく、他校との練習試合にまで参加してお茶の当番までさせられる。

チーちゃんも例外ではなく、仕事の合間を縫ってお茶の当番をしていた。

練習試合から帰って来たある日、夕飯を食べながらチーちゃんが言った。

「なあ？　お母ちゃんが他のお母さんたちと喧嘩したらどないする？

あんた部活やりづらなる？」

「また何か言われたん？」

「えっ？　あんた知ってたん？」

「そりゃな。あのおばちゃんら、いつもつるんで人の噂話したり、
いけずしたり……お母ちゃんは何言われたん？」

「まあ、色々な。たかが子供の部活動や思うて、ずっと無視してたんやけど、
それがかえって癇に障るのか、何言うても大丈夫思うたんか……」

「言い返したらええやんか。お母ちゃんらしくあらへん」

「言ってもかまへんの？　あんたの立場悪うならへん？」

「そんなん気にしてたん？　大丈夫やて。虐められたら虐め返すし、
それに、そんなんでレギュラー外されるほど私、下手やないしな」

「そっか……ほな遠慮なく」

それから1週間ほどして、また他校との練習試合があった。

休憩時間にまた母親たちが集まって話しをしている。

と、その中の一人、２年生の母親がチーちゃんに近づいて来た。

「田中さん？　あなた小倉でスナックしてるんですって？

毎晩、先生方があなたの店に飲みに行ってるって聞いたけど……本当？」

「来てませんけど……誰に聞いたんやろ？」

それを見ていた他の母親たちも集まって来る。

「あら、みんな見たって言ってるわ。

毎晩タダで飲ませて、容子ちゃんレギュラーに入れたって」

「はあ〜、あほちゃう。みんなって誰？　あんたはいつ見たん？」

いつも反論しないチーちゃんの反撃に母親たちが少しビビる。

「わ、私は見てないけど他の人が……」

「他の人って……ほな、あんたが見たん？」

隣の母親も首を横に振る。

「おかしいやないの。今みんな見たって言わんかった？

まったく……たかが高校のクラブ活動に親までしゃしゃり出て、
レギュラー取ったとか取られたとか……あほらし」

「まあ〜　皆さん聞いた？　１年生の親が２年生の親にこの暴言」

「そや、田中さん、先輩の親に失礼やわ！」

「はあ〜、子供たちに先輩・後輩はあっても、親は関係ないやろ？　あんたら顔だけやなく性格まで悪いんやな？　可哀そうに……」

それだけ言うとチーちゃんは体育館を後にした。

振り向くと、絶句して呆然と立ち尽くす母親たちが見えた。

「ああ〜スッキリした」

それからは二度といけずされることは無かった。


「そのおばちゃんたちあほやね〜。チーちゃんやママに喧嘩売って勝てるわけあらへん」

小気味よさそうに芽衣がケラケラ笑う。

チーちゃんもその当時を思い出してニンマリする。

9　カナダ

昭和62年、インターハイでそこそこの成績を残した容子は、
スポーツ推薦で関西の体育会系の大学に入学した。
1回生は原則寮生活ということで、容子の荷物を寮に運んだ後、
ついでに顧問の先生に挨拶を兼ねて大学も見ておこうと車で乗りつける。
チーちゃんがこの頃乗っていたのはシトロエンのオープンカー。
目立つ事この上なし。
駐車場を探して構内を徐行していると、
次から次と学生たちが羨望のまなざしで寄って来た。
この頃は車がステータスの時代だった。
車の改造をしたりして、

貰ったお給料の殆どを車につぎ込む男性も多かった。
デートは割り勘、車は軽で維持費を安く、
シェアカーも有りの現代とは一味違う。
デート代や車の為に必死に働く男性も、
嫌いじゃないと思うチーちゃんだった。

別にチーちゃんに車へのこだわりは無かったけれど、
たまたまお店の常連客に中古の輸入車を扱ってる会社の社長がいて、
安くするからと勧められたのだ。
「外車は故障すると修理代が高くつくから……」
と初めは断ったが
「じゃ修理代は2年間タダでいいから」
と言われ、とりあえず2年乗ることにした。
シトロエンのシートは高級ソファー並みにクッションが良く、
乗り心地は最高だった。しかし故障も頻繁にした。
毎月のように修理に工場へ持っていくので、1年もせず社長は音を上げる。

代わりに国産の新古車を用意してくれた。
この社長に限らず、お店には色々な企業の社長さんや商店の店主が来てくれた。
銀行の支店長は投資などのお金の相談にいつも親身に乗ってくれたし、
茶園の社長は新茶が出ると必ず持って来てくれた。
そしてみんな気前よくお金を使ってくれるので、チーちゃんは大いに助かった。

スポーツ推薦で大学に入った容子だったが、
その年の夏休み、友達に借りた原付バイクで転倒し大ケガをした。
最初はただの骨折だったが、松葉杖を突いて病院へ治療に行った日が雨だった。
ただでさえ足元が滑りやすくなってる上、玄関マットの端がめくれていた。
そこに松葉杖が引っかかり転びそうになった容子は思わず、
骨折している方の足を付いて踏ん張ってしまった。
で、複雑骨折。

ケガは治ってもその後のリハビリを入れると年内は部活に復帰する事は出来ない。

「バイク事故を起こしたりして自己管理が出来ていない」

と言われ戦力外通告。

スポーツ推薦で行ったのにバスケが出来ないなら大学にいても仕方がないと、
容子はサッサと大学を辞めて家に帰って来た。

「お金は出してあげるから大学だけでも卒業したら？」

チーちゃんの提案にも、

「バスケ以外、もうあの大学で私が学ぶ事は無いから……」

そう言われると無理強いすることも出来ない。

元々子供の人生は子供のものと思うチーちゃんは、黙って見ているしかなかった。


ケガが治り普通に歩けるようになると容子は居酒屋でのバイトを探した。

いや、それだけでなく昼間はコンビニの仕事も。

「そんなに働かなくても……」

「いや、お金を貯めてしたい事あるから」

「専門学校でも行きたいん？　だったらお金は出してあげるから」

「そんなんやない。お金もいらん」

そう言って一日中バイトに明け暮れる生活が続いた。

翌年、チーちゃんが深夜にお店から戻ると、容子が寝ずに待っていた。

「お母ちゃん、話がある」

そう言って、卓袱台の上に自分の預金通帳を置く。

「こんだけ貯まったし、秋になったら私カナダに行く」

「カ・ナ・ダ？　何で？」

「語学留学。英語喋れるようになって帰って来る」

「だから！　何で？　なんでカナダなん？」

「だから！　英語喋れるようになりたいからや。

それにカナダは日本人留学生も多く治安もええんやて。

もう決めたし、反対せんといてな」


そしてその言葉通り、8月の末、容子はカナダへと飛び立った。

費用が安いからと直行便じゃなく乗り継ぎ便で……。

空港まで見送りに行ったチーちゃんが、

「大丈夫？　まだ英語喋れへんのに、乗り継ぎ間違うたら大変やん」

「大丈夫やて。子供やあらへんし……」

そう言って機上の人となった容子。

やっぱり言霊《ことだま》はある。

チーちゃんの心配通り、乗り継ぎを間違えた容子は、
1日遅れでカナダに着くことになる

たった一日で疲労しきった容子がカナダに辿り着く。
昨夜お母ちゃんに電話して迎えの人に1日遅れると連絡してもらったので、
空港に降り立つとその人は容子の名前を書いたプラカードを持って待っていた。
日本人留学生のコーディネーターを専門にしているその人は流暢な日本語で、
「ヨーコ？　お母さんから連絡ありました。
大丈夫でしたか？　親の言う事はちゃんと聞かないとね～」
と意味ありげにニヤリと笑って言った。

ホームステイ先には容子以外にも4人の留学生がいた。

韓国・香港・ブラジル・日本人も一人いて容子は少し安心した。
その夜、ホストファミリーが歓迎会を開いてくれ、
学生たちが荷物の整理を手伝ってくれた。
これから新しい生活が始まると思うと興奮して寝付かれない容子だった。

事件は翌日に起こる。
翌朝は他の学生たちと一緒に地下鉄を乗り継いで学校に行ったが、帰りは一人だった。
朝、確認して来たはずなのに、ぼ〜っとして反対方向の電車に乗ったらしい。
夕方、容子は見たこともない町にいた。
英語も喋れず、駅の案内板の文字も読めない容子は途方に暮れる。
「落ち着け！　バンクーバーは日本人が多い町だ。誰か捕まえて聞いたらいい」
そう自分に言い聞かせて、待つ事1時間半。
ようやく日本人らしき人を見つけて声を掛けるが、中国人で日本語が通じなかった。
だんだんと日が暮れてくる。さらに30分。
ようやく日本人を見つけた。

カナダに留学して2年目というその人は、

「よくある事」と言って笑いながらホームステイ先まで送ってくれた。


「迷子って……携帯でホームステイ先に電話したらいいだけの話やろ?」

「その頃はまだ携帯電話なんて無かった時代やから……」

「えっ? 無かったの? ほな、携帯っていつから?」

「う〜んと……確か昭和の終わりに初めて発売されて、
一般的になったんは、平成になってからやと思うわ」

「へ〜 不便な時代やね……」


そこから容子の猛勉強が始まった。

いつも単語帳を持ち歩き、毎日最低10個は言葉を覚えた。

学校には日本人が何人もいたが、極力、外国人と話すようにした。

言葉が喋れずコミュニケーションが取れないとホームシックにもなる。

容子は必死だった。必死で言葉を覚えた。

初めは単語を羅列するだけの会話だったが、次第に喋れるようになり、1か月を過ぎた頃には簡単な日常会話は話せるようになっていた。

「あの時が私の人生で一番勉強した時期やと思う」

と後に容子がチーちゃんに語っていた。


皆とコミュニケーションが取れるようになると毎日が楽しくなる。

食事に行ったり買い物に行ったり、友達もいっぱい出来た。

留学生の中には香港のホテルオーナーの息子がいたり百貨店の社長の娘がいたり、スチュワーデス（昔はこういった）になる為に語学留学に来る子もいた。

みんな裕福な家庭の子女が多く、容子が一番貧乏だった。

特に仲良くしていた礼奈にいたっては、さらに上をいっていた。

礼奈は語学留学に来たのにあまり勉強をしない。

なので2か月過ぎても3か月過ぎても、
いくつかの単語と片言の英語を喋るのが精いっぱいだった。

当然外国人留学生ともあまり話せないし、買物にも食事にも苦労していた。

そして同じ日本人の容子を頼り、後を付いて歩き離れなかった。


ある日買い物に付き合ってと言われ付いていくとカーディーラーの前で、

「国際免許取ったし車買おうと思って……どれがいい？」

「はあ～？　冗談やろ？」

驚く容子の目の前に、バッグから使用金額無制限のブラックカードを取り出し、

「留学先で自由に使いなさいってパパが持たせてくれたの」

とニッコリ。

目が点で固まってる容子を強引に助手席に乗せ試乗運転するも、２００～３００メートル走ったところで歩道に乗り上げ車を擦ってしまった。

結局、修理代だけ払って車はあきらめてくれた。

内心ホッとした。


礼奈には毎回振り回されたが、何故か憎めない子だった。

容子と一緒に行動するおかげで礼奈にも共通の友達が増えていった。

サッカーの応援に行ったり、テニスをしたり、パーティーをしたり。

学校が休みの時は皆でキャンピングカーを借りて観光地巡りもした。
絶景スポットのカナディアンロッキー、迫力満点のナイアガラの滝、
小説「赤毛のアン」の舞台となったプリンスエドワード島は、
一度は行ってみたかった場所なので興奮した。

そして1年後、容子が日本に帰国する日、皆が空港まで見送りに来てくれた。
まだカナダに残る礼奈は、「一緒に帰国する」と空港で人目も憚らず号泣した。
そんなこんなで楽しい語学留学を終えた容子は、
大量の使い捨てカメラと（お金がかかるので現像は日本でした）、
思い出を持って帰国した。

「ママって留学してたん？　知らんかった～。
いいな～羨ましい～。
なあ、チーちゃん？　私も語学留学しようかな？」
「芽衣がしたい思うなら、したらええやろ？

何でも出来るうちにしたらええ。誰も反対せ〜へんよ」

「ただな……先立つもんがな……」

「……お金か？」

「そう！」

「出してやるのは簡単やけど、自分でも貯めないとな。苦労して叶える夢の方が何倍も楽しいで。お気張りやす！」

「え〜そんな〜」

10　天職

日本に帰って来た容子はほどなくして旅行会社に就職した。
英語で簡単な日常会話が出来るという事で、
中途採用にも拘わらず好条件で雇ってもらうことが出来た。
とはいっても新人研修はある。覚える事もいっぱいあったが楽しかった。
元々接客は嫌いじゃない。旅行を企画するのも、それを客に勧めるのも、
添乗員として観光地を巡るのは特に好きだった。
そりゃ我儘《わがまま》なお客もいるし、添乗員を召使いのように扱う客もいる。
半端じゃなく手のかかる高齢者もいる。
胃潰瘍になりそうという先輩社員も多いけど、容子には最高の仕事だった。
なにせタダで、いやお給料まで貰って旅行出来るなんて……最高！

皆が嫌がる仕事も率先して引き受けた。

ある日所長から、「そろそろ海外ツアー行ってみるか?」と言われた。
行先はハワイ。願ってもない仕事だった。
ハワイは日本人に一番人気のある観光地である。
容子自身ハワイは初めてだったが、事前にしっかり勉強したし、
先輩からのアドバイスも受けて万全の態勢で臨んだ。
そして7組のツアー客と添乗員の容子の計15名で関空を飛び立った。
ここから容子の海外ツアーの仕事が始まる。
容子は水を得た魚のように日本中を、そして世界を飛び回る。
これが天職とでもいうように、それは楽しんで仕事をした。
そして出会ったのだ。運命の人……と勘違いした人に。
その日、容子はカウンター業務をしていた。
と、店内のパンフレットを手にした中年の男性が、目の前に座る。

「覚えてるやろか？」の問いにまじまじと顔を見る。

「ああ～もしかして昨年のハワイ旅行の時の……」

「覚えていてくれてたんか？　嬉しいわ～。あの時は世話になって……」

「こちらこそありがとうございました。あの時は初めての海外ツアーだったので」

「そういえばそう言うてたな～。こっちも楽しかったわ」

「私も楽しかったです。で、今日は？」

「あ、そやそや。実は今年、銀婚式でな。夫婦で温泉にでも行こうかと」

「それはおめでとうございます。で、どちらをお考えですか？」

「それがようわからん、お勧めの温泉ないか？」

「そうですね～ご夫婦でのんびりとなると……湯布院はどうでしょう？」

「湯布院……？　九州の？」

「そうです。個室の温泉付き離れもあってノンビリ出来るかと」

「そりゃええな～」


それがきっかけで不動産屋の社長をしているという中村健三は、頻繁に容子のいる旅行会社を利用してくれるようになった。

旅行の予定がない時でも来店してお喋りしていくので、他の客の手前、次第に外で会ってお茶をしたり、食事に行くようになっていった。

親子ほど年の違う中村に、容子は別れた父親の面影を重ねて甘え、子供は息子だけの中村も初めて娘が出来たと可愛がってくれた。

そんな関係が半年も続いた頃、その人がやって来たのだ。


容子は久しぶりの休みで、チーちゃんに頼まれ店の手伝いに来ていた。ドアチャイムを鳴らし、その人は店の入り口に立っていた。

「すみません。まだ開店前なんで……」

開店準備をしていたチーちゃんがカウンターの中から声を掛ける。

「田中容子さん……おるやろか?」

「……はあ……容子は娘ですが……何か?」

やり取りに気付き容子がのれんの奥から顔を出す。

「容子さん……? 中村の家内です」

手に持っていたおしぼりの束を床に落とし、立ち竦む容子。

「私がここに来た理由、もうわかってるようやね?

せやったら話が早いわ。もう二度とうちのと会わないでもらえるやろか？」
驚いて思わず容子の方を振り返るチーちゃん。
「私たち別に……そんな関係じゃ……」
「私たち……？　人の旦那捕まえて私たちなんて言わんといて！
そんな関係やなかったらどんな関係なん？」
「ただ……時々、一緒に食事したりお茶したり……それだけです」
「それだけ……？　よう言うわ。盗人猛々しい……。
仮にそうだとしても、女房が毎日家計のやり繰りしてる横で、
旦那がパッパと他の女にお金使うてる思うたら腹立つわ。
ま、こんな水商売してはる人は、よその旦那にお金使わせるのが仕事やさかい、
何とも思わへんのやろな？」
下を向いたままの容子。
黙って聞いていたチーちゃんが口を挟む。
「男女の関係じゃないっていうならそれでええやないですか？
ブティックは洋服を売ってお金を貰う。不動産屋は家を売ってお金を貰う。
私らスナックはお酒と癒しを提供してお金を貰う。皆同じ商売や。

その儲けたお金でみんな生活してるんやろ？　商売に上下なんかあるかいな」

「ま～　開き直る気？　これだから水商売の人は……」

「まだ言うん？　大体そっちにも責任はあるやろ。

いい年したおっさんが親子ほど年の違う娘に熱上げて……気色悪う～。

そんなに大事な旦那なら、首に縄付けて家に閉じ込めてたらどない？

こっちこそ二度と娘に近づかんといて欲しいわ」

「ま～なんてこと……親が親なら子も子やわ」

「母を蔑むような言い方はやめて下さい。母は関係ありません。

中村さんとはもう二度と会いませんから……」

「そ、そうしてちょうだい。失礼するわ」

逃げるように帰っていく女性。

「容子、塩まいとき」

それだけ言うとまた開店準備に戻るチーちゃん。

「お母ちゃん……ごめん」

「かまへんけど、何で親子ほど年の違うおっさんなんかと？」

「……少しだけ、別れたお父ちゃんに似てた……」

「そっか……」

今まで父親の「ち」の字も言わんかったのに……恋しかったんやろか？

私の手前、我慢してただけやったんやろか？

チーちゃんは自分を少し責めた。そして容子にはそれ以上何も言えなかった。


その翌月、容子は旅行会社を辞めた。

奥さんが会社にクレームを入れて噂が広まり退職を余儀なくされたのだ。

天職だと思っていた大好きな仕事だったのに……。

傷心の容子は気晴らしにと沖縄に行き、一か月経っても戻って来なかった。

11　島人ぬ宝

沖縄は暖かかった。気候だけじゃなく、住んでいる人も温かかった。
初めは1～2週間で帰ろうと思っていたので安目のホテルに滞在していたが、
思いのほか居心地がよく、容子は日が経つにつれ、帰る気が失せていった。
よし！　帰りたいと思うまでここにいよう！　と思い、
ホテルはやめウィークリーマンションを借りた。
ホテルよりは安いとはいえ、日毎に所持金が減っていくのは同じである。
容子は仕事を探すことにした。出来れば住み込みで食事付きがありがたいが、
そう簡単ではないだろうと思いつつ、行くとこ行くとこで片っ端から、
「仕事探してるんですが……募集していませんか？」と聞いて歩いた。
容子は運が良かった。仕事探し初日の5軒目で見つけることが出来た。

国際通りに面したビルの2階にある沖縄居酒屋の店だった。

リーズナブルな看板に惹かれ食べに入り、ダメもとで気軽に、

「ここで働かせてもらうのって……無理ですか？」と言うと、

「いいよ。いつから来れる？」

と、こちらが拍子抜けするくらい簡単に雇ってくれた。尚且つ、

「住む場所は？」と聞かれ、

「ウィークリーマンションにいる」と答えると、

「勿体ない。この裏の部屋空いてるし、住む？」と言ってくれた。

「是非お願いします！」

と二つ返事でＯＫし、翌日には越してきた。

オーナーを除いて従業員は３人。
ちょうど先月一人が辞めたらしく、タイミングが良かった。
その辞めた人が使っていた部屋を容子は借りる事が出来たのだ。
オーナーから、「世話してあげて」と言われた先輩の高橋さんは、
偶然にも京都出身。宇治の隣、伏見区の桃山駅の近くというから世間は狭い。

2年前に観光で来てそのまま居ついてしまったという。
もう一人は北海道出身の北島さん。
5年前に観光で来て一年中夏服で暮らせるのに感動。
暖房が無いと生きていけない寒い北海道には帰る気にならないと、
こちらもそのまま居ついてしまった。
なんだ、みんな考える事は一緒か……と妙に納得してしまった容子。
不思議と沖縄には、旅人をそのまま住人に変えてしまう何かがあるらしい。
もう一人はオーナーの片腕、沖縄出身の料理人・比嘉さん。
オーナーを含め、みんな優しくて、世話好きで温かかった。
こうして容子の沖縄での暮らしが始まった。

沖縄に住むようになって、容子は日毎に元気になっていった。
時々掛かって来る電話の明るい声でそれがわかる。
一人暮らしには慣れているとはいえ、チーちゃんは少し寂しかった。
でも容子が楽しいのであればと何も言う事はしなかった。
今思えば、私が東京に行ってる間、お父ちゃんもお母ちゃんも、今の私と同じ思いをしていたのかもしれないと思うと胸がチクッと痛んだ。

お店には日本中から観光客が訪れた。お店にいながら全国の話が聞けた。

もちろん地元のお客さん、米軍基地の兵隊さんが来ることもあった。

そんな時は英語でやり取り出来る容子は重宝された。毎日が楽しかった。

そんな中、容子が勤める居酒屋に毎週来る若い男性グループがいた。

みんな陽気で楽しいメンバーだった。その中に大和がいた。

いつもおどけてみんなの笑いを誘う三枚目的な役割だった。

どうやら容子に一目惚れしたらしく、

「僕と付き合って〜」と来る度にアタックしてきた。

周りも囃し立てるが、

冗談だろうと容子はいつも笑ってやり過ごし相手にしなかった。

楽しい時間は早く過ぎる。気が付くと沖縄に来てからもう2年が経っていた。

いつものメンバーは一人が結婚、二人は彼女が出来たので、

大和一人で来る日が多くなった。

ある日お店が終わった後、大和が容子をカラオケに誘った。
たまにはいいかと一緒に行くことにした。
容子はチーちゃんのお店でよく歌っていたので、大和が驚くほど上手かった。
「そんなに上手く歌われたら、俺、歌うの気が引けるわ〜。
……でもこの歌だけは聞いて欲しい」
と大和が歌ったのは『島人《しまんちゅ》ぬ宝』だった。

♪ 僕が生まれたこの島の空を　僕はどれくらい知っているんだろう
輝く星も流れる雲も　名前を聞かれてもわからない
でも誰より誰よりも知っている
悲しい時も嬉しい時も
何度も見上げていたこの空を
教科書に書いてある事だけじゃわからない
大切な物がきっとここにあるはずさ
それが島人ぬ宝

けっして上手いわけじゃなかったけれど、心に染みる歌だった。

そして歌い終わると、ポケットから小さな箱を取り出し容子に言った。

「結婚を前提に付き合って下さい。本気です。2年間ずっと好きでした」

突然のプロポーズに驚く容子。が、次の瞬間、

「はい……」

と答えている自分に、それ以上に驚いた。

一人でいる事に疲れたのだろうか？

祖父の胡坐の中のように、誰かに守って欲しかったのだろうか？

自問自答する容子の横で、大和が、

「本当に？　マジで？　やった！〜〜〜」

と言いながら部屋中をぴょんぴょん飛び回っていた。


その翌年、容子は結婚する事となる。

容子が結婚したこの年の1月、阪神淡路大震災があった。

チーちゃんは一人小倉の家で寝ていた。

突然の突き上げるような揺れ。寝室の蛍光灯が落ちて来て飛び起きた。

何が起きたかわからずあたりを見回し居間へ行きテレビをつける。

テレビにはグニャっと崩れ落ちた高速道路が映し出されていた。

家の電話が鳴る。出ると容子だった。

「お母ちゃん！　大丈夫？」

「ああ、容子か……お母ちゃんは大丈夫やで。あんたは？」

「私も大丈夫や。今テレビ見てたら関西が酷いことになってるって。

ごめん……こんな時に側にいてやれなくて……ごめん」

「あんたが謝る事ないって。もう少ししたらお店見に行ってくるわ」

「うん、気い付けてな……」

店は酷いことになっていた。棚のグラスやボトルが割れて床に散乱していた。

被害額もさることながら一人での片付けは本当に大変だった。

1週間以上かけて全てを片付け終えるとチーちゃんはソファーに座り込んだ。

しんどかった。肉体的にも精神的にも、いっぱい、いっぱいだった。

チーちゃんは深い溜息をついた。

それから半年後、容子の結婚式に出席する為に、チーちゃんは生まれて初めて沖縄の地を踏んだ。

容子の言うように温かい町だった。吹く風が優しかった。

チーちゃんは大きく深呼吸する。


結婚式は盛大だった。豪華絢爛という事ではなく出席者が多かった。

２００名もの人が集う結婚式というものをチーちゃんは初めて見た。

親・兄弟・親戚は当たり前として、小中高の同級生、会社の上司・同僚、その友達・そのまた友達ｅｔｃ。

式の最後にはみんなでカチャーシーを踊った。

チーちゃんも見様見真似で踊った。

楽しい結婚式だった。温かい式だった。

そして結婚式の後、婿の大和が言った。

「自分は次男坊で実家は長男がいるから、京都に行って一緒に住んでいいですか？」

思いがけない言葉にチーちゃんは涙した。嬉しかった。

そして3年ぶりに容子は大和と小倉に戻って来た。
チーちゃんの一人暮らしは終わった。

12　世界に一つだけの花

容子夫婦は、チーちゃんと同居を始め、晴れて小倉の住人となった。
婿の大和は、チーちゃんの店の常連の運送会社の社長が雇ってくれた。
運送業だけでなく引っ越し業務もしている、そこそこ大きな会社だった。
容子も宇治の商店街のお茶店でバイトとして働き始めた。
外国人観光客相手に英語が喋れる容子はここでも重宝された。
チーちゃんも家事を容子がやってくれるようになり色々な面で楽になった。

ようやく訪れた平穏な日々。そして平成9年、初孫が誕生。
チーちゃんは51歳でおばあちゃんになった。
男の子だった。沖縄にちなんで「海人」と名付けた。

チーちゃんも容子も一人娘だったので初めての跡取りだった。
お父ちゃんやお母ちゃんが生きていたらどんなに喜んだろうと思った。

海人が生まれたこの年、消費税が5％になった。
5％とはいえ、今までよりも税金が余分に取られるのだから庶民には大問題である。
買い物に行って安いと思って買い、後でレシートを見て前より高いと気付く。
詐欺だと思った。
「政府は何してくれてるねん」と毒づいてみても、
「まあ、しゃあないか」と許してしまう……今のチーちゃんはそれほど幸せだった。

そして、3年後の平成12年、今度は女の子が生まれる。孫娘の芽衣だ。
孫が2人となると、
「私も頑張らんと、今から老後に向けて体力をつけよう」と、
チーちゃんは毎日走ることにした。
この年シドニーオリンピックがあり、高橋尚子がマラソンで金メダルを獲得した。
しんどい顔もせず、爽やかな笑顔でゴールしたのを見て、私もと思ったからだ。

朝早くは起きられないので、夕方お店に行く前に走ることにした。
が、マラソンなんてしたこともないのが、いきなり走れるはずもなく、
50メートル走っては歩き、走っては歩きを繰り返し、最後は歩いてばかりだった。
無理はやめようと翌日からは徒歩に切り替えた。
それでも日毎に体力がつき体が軽くなっていく感じがした。継続は力なりである。

芽衣はチーちゃん似の女の子だった。見た目の顔のエクボだけじゃなく、
運動神経もチーちゃん譲りだった。
生後半年もすると歩行器に乗って家の中を動き回っていたので、
8か月してもハイハイなどはあまりしなかった。
9か月になってようやくつかまり立ちをし始めた頃、
チーちゃんは容子と孫2人を車に乗せ、京都の百貨店に買い物に行った。
その日、百貨店では「赤ちゃんのハイハイコンテスト」をやっていた。
昔はけっこう見かけたが最近では珍しいイベントだった。
「容子？　芽衣を試しに出場させてみたら？」

「え〜、今週ようやくつかまり立ちしたけどハイハイはあまりせーへんよ」

「そんな事言わんと……物は試しや。商品も貰えるらしいし出場させ」

「……優勝は紙おむつ1年分か……やらせてみようか？」

「そやそや」

急遽ハイハイコンテストに出場することになった芽衣。

容子がスタート地点で芽衣を離し、ゴール地点でチーちゃんと海人が待つ。

スタートの合図笛が鳴る。他の赤ちゃんたちが一斉にハイハイし出す。

芽衣はキョトンとその様子を見てるだけ。

あせったチーちゃんがゴールで
「芽衣こっちや！」

と、お菓子を振り回す。

チーちゃんの声に気付きニッコリ笑った芽衣は、突如立ち上がり歩き出す。

「あっ！　芽衣が歩いた」

海人とチーちゃんが同時に叫ぶ。

「今は歩いたらダメ！　ハイハイしなさい！」容子が叫ぶ。

その声も空しく芽衣はチーちゃんの持つお菓子めがけて一直線に歩いてゴール。

一番にゴールはしたものの、ハイハイじゃなかったので失格。

「初めて歩いたのが、何でよりによって今日なのよ……」

嘆く容子。参加賞の３枚入りの紙おむつだけ貰い帰宅。

夜、帰宅した父親の大和もその話を聞いて
「俺も初めて歩くのが見たかった」と悔しがった。

芽衣が３歳になると、容子は久しくやめていたお茶店のバイトを再開した。
10時から15時までの５時間。その間チーちゃんが芽衣の面倒を見た。
海人は幼稚園に行っていたので、朝は容子が送り、迎えはチーちゃんがした。
孫たちはチーちゃんにとても懐いていた。
チーちゃんも孫たちが可愛くて、どこにでも連れていった。
欲しいお菓子は何でも買ってあげたので、
「甘やかさないで」と容子から注意される事も度々だった。
それでもこっそり買ってあげた。
沖縄の祖父母の事は「オジィー、オバァー」と呼ぶのに、
チーちゃんのことはおばあちゃんではなく「チーちゃん」と呼んだ。

ある日、海人が泣きながら帰って来た。
「どうしたん？」と聞いても答えない。
その後ろから、束ねた髪を落ち武者のようにボロボロにした芽衣。
「何があったん！」思わず悲鳴を上げるチーちゃん。
「お兄ちゃんが公園で虐められてたから、
うちのお兄ちゃん虐めたら私が許さない言うて、その子の足に噛みついたんや。
髪の毛引っ張られても、腕引っ掻かれても噛みついたまま離さへんかったら、
その子泣いておうち帰った。私、勝たなくても絶対負けへんもん」
「そうか……偉いな芽衣～さすが私の孫や！　よかったやないの海人」
「よくない！　なんで妹に助けてもらわなあかんの？　僕はお兄ちゃんや。
僕が芽衣を助けるならええけど……なんで僕……こんなん嫌や！
ママもチーちゃんも駆けっこ速いし、芽衣かて速いし……。
なんで僕だけ遅いん？　なんで……なんでなん？」
再び泣き出す海人。
「喧嘩なんか強うなくても、海人にはええとこぎょうさんあるやろ？

誰にでも優しいし、勉強かてよう出来る」

「嫌や！　僕は男やから、芽衣やチーちゃんやママを守れるよう、強うなりたいんや。せやのに……僕……自分が嫌いや！」

「ほな、剣道でも習うか？　武道なら駆け足速うなくても強くはなれる。でもな海人、自分を嫌いになったらあかん。人と自分を比べてもあかん。海人は海人や。自分の得意な事を頑張って、それで一番になったらええ。ほら海人の好きなSMAPかて歌ってるやろ？　世界……世界一……」

「私知ってる、世界に一つだけの花やろ？」

「僕かて知ってるわ」

涙が乾いて顔がゴワゴワの海人と髪の毛が爆発した芽衣、二人揃って歌い出す。

♪　そうさ　僕らは　世界に一つだけの花
一人一人違う種を持つ
その花を咲かせることだけに
一生懸命になればいい

「そや。海人は芽衣を守りたい、芽衣もお兄ちゃんを守りたい……。
二人とも優しいな。兄妹仲良くてチーちゃんは嬉しいわ。
いつまでもその気持ち忘れんといてな」

それからしばらくして海人は剣道を習いに道場に通い始めた。
道場の練習の無い日でも家で素振りをし、毎朝走った。
日毎に体力も付き、逞しい兄へと成長していった。

13 還暦

平成18年、チーちゃんは60歳になった。
見かけはまだまだ若いチーちゃんにはショックな出来事だった。
「59歳と60歳、1年しか違わへんのに、還暦・高齢者って何でなん？
新聞見てたら、60歳の高齢女性が車に跳ねられて……て書いてある。
60歳の高齢女性やで！　何で60歳で高齢やねん？
私も何か事件に巻き込まれたら高齢女性って言われるんやろか？
そんなん嫌や～　私はもうこれ以上齢をとるのをやめる」
と、必死に抵抗していたが、こればっかりはしょうがない。
それでも60歳を迎えると、高齢者割引や無料で健康診断が受けられたり、
などのお得な事も多いらしく、その時は堂々と「60歳です！」と言っていた。

60歳を過ぎると時間が倍速で過ぎる……ように感じる。
あれよあれよという間にチーちゃんは65歳になっていた。

平成23年、この年の3月、東日本大震災があった。
容子は仕事に、海人と芽衣は小学校に行っていた。
チーちゃんは一人家で、のんびりテレビの前でお茶を飲んでいた。
突然テレビの画面が変わり、津波に飲み込まれる町の風景が映し出される。
えっ？　何？　放送事故？
チャンネルを変えてみるが、どこも同じように押し寄せる波と町を映し、
アナウンサーたちは皆、上ずった声で地震の様子を伝えている。
チーちゃんもテレビから目を逸らすことが出来ず画面に見入っていた。
何が起こってるんやろ？　とても現実の出来事とは思えなかった。
その日も翌日もテレビは地震のニュースばかりだった。
そのうち町や人が津波に流される映像が出るだけで涙が止まらなくなった。
チーちゃんは自分の頭がおかしくなったと思った。

15年前の阪神淡路大震災といい、今回の東日本大震災といい、
日本は大丈夫なんやろか？
小説の『日本沈没』のようにならへんのやろか？
私の老後は、子供や孫たちの未来はどないなるんやろ……。
そんな事を考え不安を覚えるチーちゃんだった。

最近チーちゃんは、買い物に久御山に行く事が多くなった。
以前は映画ですら城陽で観たり、友達とのランチも大久保が多かったが、
10年ほど前に久御山に『ジャスコ久御山』が出来てからは、
映画もランチもそちらで済ますようになった。
そういえば、そのジャスコが今年から、
『イオン久御山』に名前を変更するとお店のお客さんたちが話していた。
大久保の『ニチイ』も『サティ』に名前を変えたと思ったら、
今年からは『イオン大久保』になるそうだ。
「こんなにコロコロ変わると年寄りはついていけへん。

もうややこしうてかなわんわ〜」
と、チーちゃんはおどけて見せた。

そんなある日、たまには京都へ行って買い物をしようと思ったチーちゃん。
電車に乗ろうと駅に行くと、ちょうど電車がホームに入って来るのが見え、
慌てて階段を駆け上がる。
ギリギリ扉が閉まる前に飛び乗れたが……呼吸が出来ない。胸が痛い。
座席でうずくまる。周りにいた高校生の女の子たちが、
「大丈夫ですか?」心配して声を掛けてくれたが苦しさはそのまま。
しばらくしてようやく落ち着く。
丹波橋駅で降りた高校生たちに「ありがとう……」とお礼を言いつつ、
「今までこんな事無かったのに……」と少し不安になる。
その日、家に帰ったチーちゃんは、
市役所から来ていた無料健康診断の案内を改めて見て、
1回受けてみようと決心する。

翌朝、チーちゃんは予約を入れる前に容子に声を掛けた。

「最近疲れやすうなってな……息もすぐ切れるし。念のため、健康診断っていうのを受けてみよう思うて。せっかく無料なのに一回も受けへんのも勿体ないやろ？で、あんたの休みの日でええから一緒に行ってもらえへん？」

それまで病気らしい病気をした事がなかったので、一人で病院に行くのが苦手というか怖いというか……。

すると、それを見透かしたように、

「お母ちゃんにも苦手な事があるんや……」

と、初めてチーちゃんの弱点を掴んだと言わんばかりにニンマリと笑う容子。

「ええよ。その代わり帰りに焼き肉食べに連れてってな？」

健康診断の日、平静を装っていてもチーちゃんは内心ドキドキだった。

次々といろんな検査をされ、あとは結果を待つことに。

「お腹空いたな～。あんたも空いてへん？」

「少し空いたかな～。結果聞いたら即、焼き肉行こうな」

「うん、先に海人と芽衣を迎えに行かんとな……」

話をしていると、診察室から出て来た看護師さんがチーちゃんの名前を呼ぶ。

一人で診察室に入るチーちゃん。

看護師さんが椅子に座るよう促す。

医師はチーちゃんの方を見もせず、パソコンに顔を向けたまま、

「肝臓病ですね〜」

「……はい？」

思わず聞き返すチーちゃん。

「聞こえませんでしたか？　肝臓病です。

そんなに酷くは無いけど……1〜2か月入院しますか？」

「に・ゆ・う・い・ん……？」

座ったまま固まっているチーちゃんに色々説明しても無駄だと思ったのか、
看護師は外で待っていた容子を呼び、病状・入院の日程・手続きの説明をする。

それからの事はあまり覚えていない。

ただ焼き肉を食べに行くのが中止になったので、孫二人は大いに悲しんだ。

入院が決まった翌日、チーちゃんと容子は大忙しだった。

入院の準備はもちろん、チーちゃんはお店をしばらく休む為、常連さんに連絡をしたり、臨時休業の張り紙を貼りにいったり……。

容子は容子で子供たちを見てもらえなくなるので、バイトを当分休むとお店に頼みに行ったりと一日中走り回った。

そして入院。生まれて初めての事でチーちゃんは不安マックスだった。
みんなが帰り、病院に一人残されると心細くて寝られなかった。
大抵の事には動じないチーちゃんも自分の病気に関しては無力だった。
「私どないなるんやろう？　ほんまに大丈夫やろか？
もしこのまま死んでしもうたら……嫌や！　まだ死にとうない。
まだやる事いっぱいある。せめて海人が結婚するまでは、
芽衣が嫁に行くまで……いや、ひ孫を見るまでは絶対に死ねへん……」
と、チーちゃんは治療を頑張った。
ま、治療といっても初期だったので、薬と点滴と安静にしているだけだったが……。

入院生活にようやく慣れたひと月後、チーちゃんは無事退院した。

退院時、主治医の先生から、

「アルコールは一切禁止。疲労を溜めるのも駄目」

ときつく釘を刺されたので、スナックをどうするか家族会議が開かれた。

「アルコールは飲まないようにするからスナックを続けたい」

「そのうちズルズル飲むようになるから閉めた方がいい」

「高齢者から仕事を取り上げたら認知症になるで～」

「都合のいい時だけ高齢者って言わんといて。駄目なものはダメ！」

一触即発状態の母娘の睨み合い。

思い余った大和が代案を出す。

「アルコールを飲まず、客相手の商売もしたいなら喫茶店はどやろ？」

「喫茶店？」

二人同時に大和を見る。

14　カフェ・レモン

それから2か月間かけて店の改装工事が始まった。

初めてスナックをオープンしてから30年以上経っていたので良い機会だった。

2度の震災を教訓に、耐震工事を徹底した。

内装に関しては、今流行りのお洒落なカフェ風にしたい容子と、往時のなごりをとどめて、カラオケ喫茶にしたいチーちゃんと意見が分かれた。

「ここは宇治橋や平等院がある観光地とはちゃうやろ？　地元の人たちが気軽に来られるアットホーム的な店やないと」

「そや、地元の若いファミリーにも気軽に来てもらわな」

「若いファミリーって……今までの常連さんはどないなる？　みんな高齢化してるし、高齢者に優しい喫茶店がええ。

カラオケ歌うて大きな声出したら体にえええんやで」

「カラオケはあかんて。オシャレやない」

そんなこんなで喧々《けんけん》囂々《ごうごう》話し合いを続けた後ようやく折り合いをつけ、『カフェ・レモン』がオープンする。


『カフェ・レモン』のレモンはもちろん、智恵子抄の「レモン哀歌」から。

これだけは絶対譲れないとチーちゃんは頑張った。

カラオケ喫茶は却下されたが、
それでも時々は貸し切りにして、カラオケも出来るように交渉し防音装置も付けた。

アルコールも海外のお洒落なビールや地ビールならとOKしてもらった。

もちろん、チーちゃんは一滴も飲まないという条件付きで……。

若いカップルもファミリーも、学生さんから高齢者まで気軽に立ち寄れるよう、値段設定もメニューも考えた。準備は大変だけど楽しかった。

チーちゃん・容子・芽衣と、親子3代で営むカフェが完成した。

といってもオープン当時、芽衣はまだ小学生だったので、
学校の休みの日にだけお店のマスコット的な感じで手伝いに来ていた。

いや、手伝いというより、定休日に友達を連れて来ては、その頃流行っていたＡＫＢ48の歌とダンスを練習しに来ていたといった方が正しい。

こうして『カフェ・レモン』は小学生から高齢者までが集うお店になった。

スナックみたいに儲かりはしなかったが、とりあえず成り立ってはいた。


お店の方は容子がメインで運営するようになり、今までより時間に余裕が出来た。

チーちゃんは月一でバスツアーに行くのが何よりの楽しみになっていた。

ご近所さんや元常連のお客さんたちと京都駅で待ち合わせ、八条口から出発するバスに乗って、近畿だけでなく信州や四国にまで出掛けた。

バスの中でみんなとお喋りしたり、おやつを食べている間に観光地に着き、現地では添乗員さんが世話を焼いてくれたり観光案内もしてくれた。

昼食付き・時々は土産付きで１万円前後で一日遊ばせてくれる。

お得この上ない。老後の楽しみとしては有りだと思う。

ただ時々、添乗員さんに代わって、
自分がマイクを持ちたいと思ってしまうチーちゃんだった。

15 恋バナ

平和な日々が続いた。平成28年、チーちゃんは70歳になっていた。

海人は大学生になり、京都の大学へは家から通った。

芽衣は高校生になっていて、チーちゃんの一番の話し相手だった。

おばあちゃんっ子の芽衣は、学校での悩みや自分の将来の事を相談したり、昔の家族の話を聞かせてと、しょっちゅうチーちゃんの部屋を訪れた。

祖母と孫で恋バナもしたし、チーちゃんにお勧めの恋愛小説も聞いてきた。

チーちゃんの貸した高村光太郎の『智恵子抄』はもちろん読破していた。

ある日芽衣が溜息交じりに話し始める。

「友達のA子が友達B子の彼氏を好きになって、

その彼氏もA子の事好きになってA子とも付き合い始めて、
それをB子は知らなくて、彼氏はA子もB子の事も好きだから、
どないしたもんかと苦しんでる……。

なあ？　チーちゃんどないしたらええと思う？」

「はあ？　そないAやB言われても、訳わからへん。誰の事や？」

「二人とも私の友達や。名前言うたらチーちゃんも知ってるし言われへん」

「そうか、ほな聞かへんけど……どんなに好きでも人のもんは取ったらあかんな。

人を泣かせて手に入れた幸せは長続きせえへん。結局は自分も不幸になる。

せやけど……頭でわかってても恋する気持ちだけは抑えられないって昔から言うし、
友達を取るか彼氏さんを取るか……どっちも辛いな……うん辛い」

「な、チーちゃんもそんな想いしたことあるん？　別れたおじいちゃんは別にして
……。例えば人の旦那さん好きになったとか……？」

「は？　そないな事……孫が聞くか？　そやけど無いって言えば嘘になるな」

「えっ？　おったん？　誰？　お店の常連さん？」

「そやな……もう時効やからええか……」

それはもう35年も前の事だった。あの頃の精神状態は普通やなかった。
お父ちゃんに続いてお母ちゃんまで亡うなって……。
チーちゃんは寂しさに押し潰されそうになっていた。
娘の容子はおったけど、尚のこと一人での子育ては心細うて寂しうて……。
そんな時、差し出されたその人の手に、ついしがみついてしもうた。
その人は静かにお酒を飲む人やった。
かといって誰とも話さないというわけやなく、
話し掛けられれば誰とでも話し、にこやかに酒を酌み交わした。
頭も良く博識で、チーちゃんが聞く事には殆ど答えてくれた。
ダンディで優しくて女性客にも人気があったが、浮いた噂は聞いた事がなかった。
何よりもきれいなお金の使い方をする人で、店にとって最高の常連客だった。

それにしても男女の仲は不思議だ。
相手が自分を好いてくれているかどうかは言葉に出さなくてもわかる。
自分が好意を持っていることも相手に伝わる。
そしてひょんなキッカケで男女の仲は始まるのだ。

声を聞くだけで嬉しくて、会えるだけで嬉しくて、毎日が幸せだった。
お互いもう中年だというのに、10代の頃に戻ったようにドキドキ胸をときめかせた。
しかし、人の道に背いた付き合いは長く続くはずもなく……。

1年ほど経った頃だった。開店準備をしていると電話が鳴った。
慌てて出ると相手は無言のまま。そして10秒ほどして電話は切れた。
何故か直感で奥さんからだと思った。
その夜、店に来たその人に話をすると、
驚いてチーちゃんの顔を見ていたが、しばらくすると、
「ごめん……今日で終わりにしよう。
チーちゃんを好きやという気持ちに嘘はあらへん……。
酷い話やけど、今は女房を女性としてみる事もあらへん……。
そやけど……長いこと一緒に苦労してくれた女房は、
もう血のつながった兄妹みたいなもんやから……。
今さら捨てる事も、泣かせる事も出来へん。ほんまに堪忍やで……」
それから二度と店に顔を出すことはなかった。辛かった。本気で好きだった。

もう自分の人生が全て終わったように思い号泣した。その夜店は臨時休業にした。

翌朝になっても目の腫れが取れないほど泣いた後、チーちゃんは思った。

私には娘の容子がいる。あの子がお嫁に行くまで私は母親としてだけ生きよう。

せやないと、死んだお父ちゃんやお母ちゃんにまた怒られるわ……。

今思うと、あれで良かったんやと思う。

人の不幸の上に自分の幸せはあらへん。

あの時、あちらの家庭を壊さへんかったから、今の幸せがあるんやと。

家庭を壊された妻の辛さを誰より知っているチーちゃんだった。


芽衣は無言のまま下を向いていた。　そして顔を上げると、

「チーちゃん？　今は寂しないん？」

「寂しないで。今は芽衣も海人もママもパパも、みんないてくれるから」

「良かった……ほな、これからは私がず～とチーちゃんの側におるわ」

「そんなこと……芽衣がお嫁に行かれへんやんか」

「大丈夫。チーちゃんと一緒に暮らしてもええって言う人としか結婚せえへんから

……。そして私がチーちゃんを幸せにする」

「その気持ちだけで十分やけど……せやったら芽衣が真っ先に幸せにならんとな」

「ううん、チーちゃんを先に幸せにして、私はその後でええ」

「それは違う。人を幸せにしよう思うたら、まず自分が幸せにならんと。

自分が生きていくのに精いっぱいやったら、人の事考える余裕なんかないやろ？

せやから人に優しくしてあげよう思うたら、一番に自分が幸せになる事や。

いっぱい幸せになって、それをみんなに分けてあげたらええねん」

「そうなん？……わかった。私いっぱい幸せになって、
幸せ分けてあげるから……チーちゃん、いっぱい長生きしてな」

16　コロナ

令和2年。それは突然やって来て、日本中を……いや世界中を恐怖に陥れた。
1月後半、遅いお正月休みを過ごそうと、
チーちゃんは芽衣と寒い京都を避けて沖縄にやって来た。
那覇空港に着くとコートを押し込んだスーツケースをコインロッカーに入れて、
とりあえず昼食を食べにウミカジテラスへ行くことに。
沖縄へ来ると必ず一度は訪れる『幸せのパンケーキ』のお店へ向かう途中、
埠頭に並んだバスの中から大勢の人が降りてくるのが見える。
その人たちが二人を追い越し、急ぎ足で階段を登っていく。
チーちゃんと芽衣がお店に着くと、店の前には長い行列が出来ていた。
人気店でいつも混んではいるが、こんなに行列が出来てるのは初めてだった。

「チーちゃんはここで待ってて。私、お店の人にちょっと聞いてくるわ」

芽衣がお店の中へ入っていく。しばらくして戻ると、

「今は春節で中国から団体さんがいっぱい来てるんやて。

1時間待ちらしいわ。どないする？」

「1時間か～。せやけどせっかく来たんやし待とうか？」

芽衣が予約表に名前を書きに行く。


時間を潰そうとぐるり階段に囲まれた広いテラスの反対側まで歩いていくと、足湯があった。空いていたのでここで時間を潰すことに。

靴下を脱ぎ階段に腰掛ける。お湯は熱くもなくぬるくもなく気持ちがよかった。

目線の先に那覇空港が見える。着陸する飛行機、飛び立つ飛行機、そして滑走路が空くのを順番に並んで待っている飛行機が見える。

轟音を立てて飛行機が二人の頭上を飛び去って行く。

乗っている人に見えるはずもないのに、いつも飛行機に向かって手を振る二人。

チーちゃんも芽衣もこの場所が好きだった。沖縄に来る度に寄った。

何とかパンケーキを食べた後空港へ戻り、

ゆいレールで国際通りにあるホテルにチェックインしたが、
国際通りも中国人でいっぱいだった。
その後行った古宇利島もアメリカンヴィレッジも水族館も同じだった。
まるで沖縄が中国人に占拠されているようで、胸がざわついた旅行だった。

そして二人が小倉へ戻って来てから10日ほど経った2月、
横浜港に寄港した『ダイヤモンド・プリンセス号』で、
新型コロナウイルスの集団感染が発生した。
ここから3年にも及ぶ長いコロナ生活が続くなんていったい誰が想像しただろう。
何が起こっているのかわからないまま、他人事みたいに傍観している間に、
それは急速に広がっていった。
最初にマスクが店頭から消えた。値段も高騰した。数が足りず取り合いになった。
無ければ作ればいいと手作りマスクが流行り、中国から逆輸入する人もいた。
その後、政府が『アベノマスク』なるものを作り国民に配布した。
評判は今一つだったが無いよりはマシだった。消毒液・除菌グッズも不足した。
有名人の感染・死亡が報道されるようになると人々は色めき立った。

ワクチン接種も開始された。当初は電話での接種予約も困難だった。
そうこうしている間にじわじわと全国へと感染が広がっていった。

チーちゃんは昔話題になった『ノストラダムスの大予言』が当たり、
それが１９９９年じゃなく20年遅れで今やって来たのかとマジで思った。
人々は外に出なくなった。仕事ですら家で、リモートでするようになった。
宴会やパーティーも無くなり、飲食店は経営の危機に陥った。
閉店する店も出てきた。『カフェ・レモン』も例外ではなかった。
が、常連客たちに助けられ、コロナ助成金で何とか凌いでいた。

コロナ発生から1年経った令和3年の春、大和の父親がコロナで亡くなった。
コロナ禍だったので、とりあえず大和一人だけ沖縄へ飛んだ。
葬式も出せず、母親と兄弟だけで父親を見送った。
棺に花を手向ける事も出来ず、遺体は袋に入れられた。
人間としての尊厳なんて言ってる場合じゃなかった。
濃厚接触者という事で、沖縄で待機している間に今度は母親が亡くなった。

同じくコロナだった。父親と同じように兄弟だけで見送り、待機期間を経て、大和は小倉に戻って来た。帰宅すると、

「俺は濃厚接触者だ。感染したら大変だから近づくな」

と言って、そのまま自分の部屋に閉じ籠もった。

夜、食事を用意して大和の部屋のドアの外にお盆を置いた容子は、中から大和の絞り出すような嗚咽を聞いた。

隔てたドアの反対側で容子もそのまま立ち上がる事が出来ず、声を出さずに泣いていた。

いつの間にか海人も芽衣も容子の後ろで、廊下に立ったまま泣いていた。

先が見えないコロナの恐怖にチーちゃんは絶望的になった。

♪　でいごの花が咲き　風を呼び　嵐が来た
でいごが咲き乱れ　風を呼び　嵐が来た
くり返す悲しみは　島渡る波のよう
ウージの森であなたと出会い
ウージの下で千代にさよなら

島唄よ　風に乗り　鳥とともに　海を渡れ
島唄よ　風に乗り　届けておくれ　私の涙

17　夢の中へ

令和5年、コロナ禍はまだ続いていたが、少しずつ規制も緩和され、人々はコロナと共存する生き方を模索していた。

チーちゃんは77歳になっていた。

最近は長時間立ってるのがしんどくなってきて、店に行く回数が徐々に減り、『カフェ・レモン』は容子が殆ど一人でするようになっていた。

大和は運行管理者として事務所内での仕事がメインになり、トラックに乗る事が殆どなくなっていた。

海人は大学卒業後、宇治市役所で働いていた。

芽衣は今年、名古屋の会社に仕事が決まったばかりだった。

1月の朝、チーちゃんはベッドから起き上がれずにいた。

容子が部屋に入って来る。

「お母ちゃん？　まだ起きへんの？」

「あ、昨夜遅くまでテレビ観てたしな……もう少ししたら起きるわ」

「ふ〜ん、ほな朝食の用意出来てるし一人で食べてな。私店行って来るし」

「ありがとう。気い付けてな。行ってらっしゃい」

容子が部屋を出ていくとチーちゃんは布団の中で体温計を見た。

39度5分――。

何回計っても下がることは無かった。

「なんかしんどいな〜。風邪やろか……？　こんな時こそ栄養つけな」

ベッドから這い出して着替え、台所まで歩いていく。体がフワフワした。

テーブルの上には容子の用意したサラダたっぷりの朝食が置いてある。

コーヒーを温め直し、それを持って椅子に座る。

サラダに手を伸ばし一口食べる。味がしない。二口食べる。今度は飲み込めない。

コーヒーで無理やり流し込み食べるのを止めた。

リモコンでテレビのスイッチを入れる。いつものワイドショーで占いをしていた。

「私の星座は……何々、今日は無理をせず体調管理に努めましょう……か。

はいはい、今日はゆっくり寝てますよ」

部屋から持って来た体温計でもう一度熱を計る。

40度――。

「さっきより上がってるがな～。あかんな。部屋戻って寝とこうか……」

椅子から立ち上がると同時に、チーちゃんはそのままくずおれた。


どのくらいの時間が経ったのだろう。

自分の名前を呼ぶ声で目が覚めたチーちゃん。

芽衣の泣き出しそうな顔が目の前にある。

「チーちゃん！　チーちゃん！　大丈夫なん？　体こんなに熱いし……」

確かに体が熱い。吐く息も熱い。なんや知らん背中も痛い……。

「チーちゃん、今、ママ呼んだからすぐ帰って来るしな。しっかりしてな」

しっかりしてる……と言おう思うても声が出なかった。

「お母ちゃん！」

容子が家に飛び込んでくる。

「ママ、救急車は？」

「それが……こんな時期だからどこも診てくれへん。発熱外来専門のとこに行ってくれって……」

「そんな〜。手遅れになったらどないするん？　発熱外来ってどこ？」

「ママもわからへん〜。保健所が受け入れてくれるとこ調べて連絡くれるって」

「そんな悠長なこと……コロナかどうかわからへんのに」

「そやな……朝からこの状態やったらもう5時間も経ってるし急がんとな」

「えっ？　5時間も経ってるん？　あかんやん。

私、今日出掛けんといたら良かった……ごめんなチーちゃん」

それから2時間。夕方になってようやく受け入れてくれる病院が見つかり、容子の運転する車で病院に行った。

が、すぐに病院の中には入れてもらえなかった。

まず病院の駐車場で車に乗ったままPCR検査を受ける。

検査結果が出て、陰性とわかってようやく中に入れてもらえた。

コロナではなかったけれど、倒れた時に体だけでなく頭を強く打っていたのと、真冬の寒い日に長時間倒れたままだったせいで、体が思った以上に衰弱していた。
初めは1か月ほどで退院出来ると思っていたが、2か月目に入っても、
チーちゃんはベッドから起き上がることさえ出来なかった。

3月、それまで毎日のように病院に見舞いに行っていた芽衣は、
入社式の為チーちゃんの事を気にしつつ、後ろ髪引かれる思いで名古屋へと立った。
今年の3月は気温のアップダウンが激しかった。
初夏のように長袖Tシャツ一枚で歩けるかと思ったら、
翌日には真冬のようにコートを着込んだり、
日毎に変わる気候には健康な人間でもついていけなかった。
中旬には観測史上最速での桜の開花宣言もされた。
「お母ちゃん、今年は桜が早う咲くんやて。早く退院して一緒に観に行こうな」
容子の言葉にチーちゃんは嬉しそうに微笑んだ。声はまだ出なかった。
最近チーちゃんはよく昔の夢を見る。
お父ちゃんの胡坐の中に座って、お父ちゃんが歌う軍歌を聞く。

毎日のように聞くので、３歳でチーちゃんは軍歌が歌えるようになっていた。
ただお父ちゃんの歌う軍歌は少し音程がズレていたので、
チーちゃんの歌う軍歌も少し音程がズレていた。

お母ちゃんもよく夢に出て来て、一緒にあや取りやおはじきをした。
チーちゃんは、あや取りとおはじきが得意だった。
一人っ子だったので毎日お母ちゃんが相手をしてくれたおかげで、
友達の中では一番上手だった。

バスに乗っている夢もよく見た。東京タワー・東京駅・皇居・靖国神社……。
今でも観光ガイドの言葉は覚えている。一番楽しかった時代だ。

新宿の街頭占いの人も夢に出て来た。
声を掛けられた時は知らなかったが20年ほど経ってテレビを観てたら、
あの時のおばさんが出演してた。
『新宿の母』と言われ、当たると評判の占い師さんだったと初めて知った。

あの時、素直に言う事を聞いていたら……と少し後悔した。
区役所の窓口の女の人も夢に出て来た。
その夢を見る度に泣きながら目が覚めた。

別れた主人とお姑さんの顔は、いつものっぺらぼうのようにハッキリしなかった。

スナックの常連さんたちもよく出て来た。みんな飲んで歌って楽しそうだった。
その向こうでニコニコ笑ってこっちを見ているのは大好きなその人だった。
常連さんたちをかき分けて側に行こうとするが邪魔されて行けなかった。
泣いて目が覚める。いつもその繰り返しだった。

ある日チーちゃんは長い長い夢を見ていた。
途中、芽衣の呼ぶ声で目が覚めた。
ゆっくり目を開けると真ん前に芽衣の顔がアップで迫っていた。
海人と何か喋っている。

しばらくすると唇に冷たいものが触れた。
「酸っぱい！」
レモンだった。
芽衣の悪戯に苦笑し、
「こら！」と言おうとして手を伸ばし、
そこでチーちゃんの意識が途絶えた。

18　夜桜

小倉から伊勢田へ向かう道路、69号線の道沿いの桜並木。
チーちゃんはここの桜が一番きれいで好きだと言っていた。
昼間は車の往来が多いのでチーちゃんの遺骨を持って皆で夜桜見物に来た。
小倉の夜の街でずーと働いてきたチーちゃんには夜桜の方が似合うと思った。
桜が一番多く咲いている道路際にハザードランプを点けて車を停める。
最後の桜をチーちゃんに見せる為に。

「チーちゃん、桜やで。
チーちゃんの大好きな桜並木やで。
今年の桜は見事やろ？

いつもやったらまだ咲いてへんのに
まるでチーちゃんを見送るみたいに満開や……。
チーちゃん、私いっぱい幸せになる。
そして皆に幸せ分けてあげるわ。
ママにもパパにもお兄ちゃんにも周りの人みんなに……。
それでええんやな？
チーちゃんありがとう。ず～と大好きやで！」

♪
さくら　ひらひら　舞い降りて落ちて
揺れる　想いのたけを　抱きしめた
君と　春に　願いし　あの夢は
今も見えているよ　さくら舞い散る

〈完〉

【引用】

『智恵子抄』(レモン哀歌)　高村光太郎
「東京のバスガール」　作詞：丘灯至夫
「故郷へ…」　作詞：池田充男
「島人ぬ宝」　作詞：BEGIN
「世界に一つだけの花」　作詞：槇原敬之
「島唄」　作詞：宮沢和史
「SAKURA」　作詞：水野良樹

著者プロフィール

沙倉 さくら（さくら さくら）

北海道生まれ。現在は京都府宇治市在住
2003年　文芸社より　詩集『とうさんの背中』出版
2005年　京都熟年ミュージカルアカデミー入学
　　　　鈴江俊郎氏・秋山シュン太郎氏に師事し脚本を書き始める
2020年　京都文教大学高齢者アカデミー入学
2021年～2022年　前年の紫式部市民文化賞特別賞受賞が縁で市民映画「宇治橋」を制作・上映
2023年　大学の卒業研究の一環で行ったシルバーカフェが評判になる。宇治市役所からの依頼で、一人暮らしの方、高齢者の方の居場所作りとして同市役所８階で「ともいきカフェ遊々」を週２回、仲間達とボランティアで運営。
2024年　小説『小倉ナイト』出版にあたり、それまでペンネーム・芸名として使用の「さくらさち」改め「沙倉さくら」に
現在は残りの人生を逆算して、今やりたいことを今すぐにと、即決・即行で毎日を楽しんでいる。
信条…日々に感謝。人に感謝。そんな風に暮らせば、いつだって神様は応援してくれる。

小倉《おぐら》ナイト

2024年６月15日　初版第１刷発行

著　者　沙倉 さくら
発行者　瓜谷 綱延
発行所　株式会社文芸社
〒160-0022 東京都新宿区新宿1－10－1
電話 03-5369-3060（代表）
03-5369-2299（販売）

印刷所　図書印刷株式会社

ISBN978-4-286-25348-0　JASRAC 出 2401747－401
NexTone PB000054706